SOMMAIRE

Avant d'aborder

- 6   Fiche d'identité de l'auteur
- 7   Pour ou contre Molière ?
- 8   Repères chronologiques
- 10   Fiche d'identité de l'œuvre
- 11   Pour ou contre *L'École des maris* ?
- 12   Pour mieux lire l'œuvre

21 L'École des maris

Molière

- 23   Acte I
- 46   Acte II
- 78   Acte III

104 Avez-vous bien lu ?

Pour approfondir

- 116   Thèmes et prolongements
- 126   Textes et images
- 141   Vers le brevet
- 152   Outils de lecture
- 154   Bibliographie et filmographie

Petits Classiques
LAROUSSE

Collection fondée par Félix Guirand,
Agrégé des Lettres

L'École des maris

Molière

Comédie en 3 actes

Édition présentée, annotée et commentée
par Amélie BONNIN,
professeur certifiée de lettres classiques

Direction de la collection : Carine Girac-Marinier
Direction éditoriale : Claude Nimmo
Édition : Marie-Hélène Christensen, Laurent Girerd
Lecture-correction : Joëlle Narjollet, Élisabeth Le Saux
Direction artistique : Uli Meindl
Couverture et maquette intérieure : Serge Cortesi, Sophie Rivoire , Uli Meindl
Mise en page : Monique Barnaud, Jouve Saran
Responsable de fabrication : Marlène Delbeken

© Éditions Larousse 2014
ISBN : 978-2-03-591246-6

AVANT D'ABORDER L'ŒUVRE

Fiche d'identité de l'auteur

Molière

Nom : Jean-Baptiste Poquelin, dit Molière.

Naissance : Paris, janvier 1622.

Famille : père tapissier du roi. Mère morte en 1632.

Éducation : collège à Paris chez les jésuites, puis études de droit. En 1642, prend la charge de tapissier. Attirance pour le théâtre.

Les débuts : en 1643, fonde avec Madeleine Béjart la troupe de l'Illustre-Théâtre. En 1644, prend le nom de Molière ; devient acteur, auteur et chef de troupe. Représentations à Paris. 1645 : faillite puis départ en province avec une nouvelle troupe. Période itinérante de treize ans. Grands succès des farces. En 1655, *L'Étourdi*, première comédie.

Paris, la gloire et les échecs : en 1658, installation à Paris, sous la protection de Monsieur, frère du roi. Mise en scène de *Nicodème* de Corneille, puis de sa propre pièce *Le Docteur amoureux*. Accueil de la troupe au Petit-Bourbon, puis au théâtre du Palais-Royal. En 1659, triomphe des *Précieuses ridicules*, et en 1660 de *Sganarelle ou Le Cocu imaginaire*. En 1661, année charnière : création des *Fâcheux*, comédie-ballet, et de *L'École des maris*. En 1662, mariage avec Armande Béjart ; création de *L'École des femmes* : Molière accusé d'immoralité. En 1664, interdiction de *Tartuffe*, pièce sur l'hypocrisie religieuse. En 1665, protection officielle du roi, contrastée avec l'obligation du retrait de *Dom Juan*. À partir de 1666, après l'accueil mitigé du *Misanthrope*, retour à la farce avec *Le Médecin malgré lui*. Nouveaux succès à partir de 1668 : *L'Avare* (1668), *Tartuffe* (1669), *Le Bourgeois gentilhomme* (1670).

Fin de partie : en 1672, mort de Madeleine Béjart ; échec des *Femmes savantes*. Disgrâce. En 1673, malaise sur scène au cours d'une représentation du *Malade imaginaire*. Meurt chez lui. Enterrement de nuit, sans inhumation chrétienne.

Pour ou contre Molière ?

Pour

Jean ANOUILH :

« Grâce à Molière, le vrai théâtre français est le seul où on ne dise pas la messe, mais où on rit, comme des hommes à la guerre – les pieds dans la boue, la soupe chaude au ventre et l'arme à la main –, de notre misère et de notre horreur. Cette gaillardise est un des grands messages français au monde. »

Hommage à Molière, 15 janvier 1959.

Mikhaïl BOULGAKOV :

« Le voilà, le Gaulois rusé et charmeur, le comédien et dramaturge royal ! Il est là, coiffé d'une perruque de bronze, avec des rubans de bronze à ses chaussures ! Il est là, le roi de la dramaturgie française ! »

Le Roman de Monsieur de Molière, 1933.

Contre

Alfred de MUSSET :

« J'étais seul, l'autre soir, au Théâtre-Français,
Ou presque seul ; l'auteur n'avait pas grand succès.
Ce n'était que Molière, et nous savons de reste
Que ce grand maladroit, qui fit un jour Alceste,
Ignora le bel art de chatouiller l'esprit
Et de servir à point un dénouement bien cuit [...]. »

Une soirée de perdue, 1840.

Repères chronologiques

Vie et œuvre de Molière

1622
Naissance à Paris de Jean-Baptiste Poquelin.

1632
Mort de sa mère.

1640-1642
Études de droit. Rencontre avec les Béjart.

1643
Création de l'Illustre-Théâtre.

1645
Prison pour dettes. La troupe part jouer en province.

1653
Protection du prince de Conti.

1655
L'Étourdi, première pièce de Molière.

1658
Retour à Paris. Protection de la troupe par Monsieur, frère du roi. Installation dans la salle du Petit-Bourbon.

1659
Les Précieuses ridicules.

1660
Sganarelle ou Le Cocu imaginaire. Installation de Molière et de sa troupe au Palais-Royal.

1661
L'École des maris, *Les Fâcheux*.

1662
Mariage de Molière et d'Armande Béjart. *L'École des femmes* et *La Critique de « L'École des femmes »*.

Événements politiques et culturels

1598-1630
Période baroque.

1624
Construction de Versailles par Louis XIII. Richelieu, Premier ministre.

1632
Rembrandt, *La Leçon d'anatomie*.

1635
Fondation de l'Académie française.

1635-1659
Guerre contre l'Espagne.

1637
Corneille, *Le Cid*.
Descartes, *Le Discours de la méthode*.

1638
Naissance de Louis XIV.

1640
Corneille, *Horace*, *Cinna*.

1643
Mort de Louis XIII. Régence d'Anne d'Autriche. Mazarin, Premier ministre.

1648-1653
La Fronde.

1653
Fouquet nommé surintendant des Finances.

1654
Sacre de Louis XIV.

1656
Pascal, *Les Provinciales*.

Repères chronologiques

Vie et œuvre de Molière

1664
Naissance et mort de Louis, premier fils de Molière.
Le Mariage forcé, première collaboration avec Lully.
Première représentation de *Tartuffe*, interdite.

1665
Dom Juan. La troupe de Molière devient « Troupe du Roi ».

1666
Le Misanthrope, Le Médecin malgré lui.

1667
Nouvelle interdiction de *Tartuffe* sous le titre *L'Imposteur*.

1668
Amphitryon, George Dandin, L'Avare.

1669
Mort du père de Molière.
Monsieur de Pourceaugnac.

1670
Le Bourgeois gentilhomme.

1671
Les Fourberies de Scapin, La Comtesse d'Escarbagnas.

1672
Les Femmes savantes.
Naissance et mort de son second fils.

1673
Le Malade imaginaire.
Mort de Molière le 17 février.

Événements politiques et culturels

1661
Mort de Mazarin.
Début du règne de Louis XIV.
Remaniement du château de Versailles par Le Vau et Le Nôtre.
Arrestation de Fouquet.

1662
Colbert, Premier ministre.
Famines et émeutes.

1664
La Rochefoucauld, *Maximes*.

1666
Mort d'Anne d'Autriche.

1667
Racine, *Andromaque*.

1668
La Fontaine, *Fables* (premier recueil).

1670
Mort de Madame, épouse du roi.
Pascal, *Pensées*.
Racine, *Bérénice*.

1672
Racine, *Bajazet*.
Mme de Sévigné, *Lettres*.

1673
Premier opéra de Lully.

Fiche d'identité de l'œuvre

L'École des maris

Auteur : Molière (39 ans en 1661).

Forme : pièce en alexandrins.

Genre : comédie.

Structure : trois actes.

Les principaux personnages :

- **Sganarelle** : tuteur et amant d'Isabelle. Sa conception de l'éducation des jeunes filles et du mariage est résolument conservatrice.
- **Ariste** : frère aîné de Sganarelle, en tout point opposé à celui-ci. Tuteur et amant de Léonor.
- **Valère** : adversaire de Sganarelle et amant heureux d'Isabelle.
- **Isabelle** : amante de Valère et pupille de Sganarelle. Spécialiste de la ruse et du masque.
- **Léonor** : sœur d'Isabelle et amante d'Ariste.
- **Ergaste** : valet de Valère à l'esprit affûté.
- **Lisette** : suivante de Léonor. Fait preuve de bon sens.
- Sans oublier le rôle comique du commissaire et du notaire.

Sujet : à Paris, deux frères, Sganarelle et Ariste, ont chacun la charge de deux jeunes filles, Isabelle et Léonor, qu'ils aimeraient pouvoir épouser. Le premier, viscéralement rétrograde et misanthrope, reproche au second de suivre son siècle et d'être trop permissif avec sa pupille. Ce dernier, pourtant plus âgé d'une vingtaine d'années, se moque bien des leçons du cadet : sans être faible, il n'en demeure pas moins convaincu que l'on doit vivre avec son temps et qu'une femme qui jouit de sa liberté apporte la garantie de sa fidélité.

Mais la pièce ne saurait se limiter à la simple confrontation de deux conceptions opposées : la comédie prend le dessus et s'improvise en « école des maris », où chacun fait l'apprentissage du sentiment amoureux. C'est ainsi que Sganarelle est pris dans les filets des ruses féminines et voit les limites de son éducation rigoriste.

Pour ou contre L'École des maris ?

Pour

Jean SERROY :

« C'est parce qu'il croit en l'homme, en ses ressources intimes et en sa capacité à exercer sa liberté que Molière croit en la femme. À cet égard, *L'École des maris* et *L'École des femmes* ne peuvent être réduites à une sorte d'excroissance féministe dans l'œuvre de Molière. Leur audace est finalement beaucoup plus absolue ; elles disent la grande leçon de l'œuvre, que répéteront toutes les comédies qui suivent [...]. »

Préface de *L'École des femmes, L'École des maris, La Critique de « L'École des femmes », L'Impromptu de Versailles*, Folio, 1985.

Jean LORET :

« Savoir *L'École des maris*
Charme à présent le tout-Paris
Pièce nouvelle et fort prisée
Que le sieur Molière a composée. »

XVIIe siècle. Cité par Roger Duchêne dans *Molière*, Fayard, 2006.

Contre

Donneau de VISÉ :

« C'est encore un de ces tableaux des choses que l'on voit plus fréquemment arriver dans le monde, ce qui a fait qu'elle [la pièce] n'a pas été moins suivie que les précédentes [...]. »

Nouvelles Nouvelles, 1663.

Avant d'aborder l'œuvre

Pour mieux lire l'œuvre

✤ Au temps de Molière

Contexte de l'année 1661

L'année 1661 est marquée, sur le plan politique, par de nombreux bouleversements. Le cardinal Mazarin meurt le 8 mars. Le roi Louis XIV règne désormais en personne et on pressent Nicolas Fouquet, surintendant des Finances, pour une place particulièrement privilégiée. Cette année sera, en fait, celle de sa chute, préparée dans l'ombre par son rival Colbert. Il est arrêté en septembre 1661, quelques semaines après les fêtes données en son château de Vaux-le-Vicomte pour le jeune roi. Avec lui, les artistes perdent un précieux protecteur.

1661 est aussi l'année de la première *Satire* de Boileau. La Fontaine se fait avocat du surintendant déchu et écrit son *Élégie aux nymphes de Vaux*. Le mouvement janséniste de Port-Royal est interdit par le roi. Les Précieuses luttent pour faire évoluer le rôle de la femme.

Autour du jeune roi, ce sont aussi un ordre et un goût nouveaux qui voient le jour. L'extension de Versailles est entreprise. Y œuvrent les mêmes artistes qui ont donné, en son temps, sa splendeur à Vaux-le-Vicomte : l'architecte Le Vau, le paysagiste Le Nôtre et le peintre Le Brun.

L'émergence d'une pièce charnière

L'École des maris est une pièce qui marque un tournant dans la carrière de Molière. Elle préfigure en effet des personnages et des pièces qui font encore la renommée de l'auteur. L'année suivante, ainsi, est jouée *L'École des femmes*, qui s'insère dans la même veine et qui suscite une véritable querelle de la part des détracteurs de Molière, du fait notamment de l'obscénité reprochée au dramaturge.

En cette année 1661, la démolition du Petit-Bourbon contraint Molière et sa troupe à s'installer au théâtre du Palais-Royal. Le succès est attendu : des frais importants ont été engagés dans la restauration de la salle inaugurée avec *Le Dépit amoureux*. Par

Pour mieux lire l'œuvre

ailleurs, il faut aussi faire face à la concurrence des comédiens de l'hôtel de Bourgogne et ceux du théâtre du Marais. En outre, Molière a demandé à sa troupe une modification dans le partage des recettes, en sorte qu'il perçoit désormais deux parts au lieu d'une, ce qui l'avantage mais engage aussi sa responsabilité de chef de troupe. Mais surtout, sa première création donnée en février, *Dom Garcie de Navarre*, une tragi-comédie, a été un échec auprès du public des *Précieuses ridicules* (1659), qui attend de Molière le rire avant tout. L'auteur revient donc à un genre attendu des spectateurs, celui de la comédie. Composée en trois actes, *L'École des maris*, sur le principe de la farce, est destinée à être jouée en pièce d'appoint, en l'occurrence du *Tyran d'Égypte* de Gilbert.

Écrite en quatre mois, dédiée à Monsieur, frère du roi, qui assure Molière et ses acteurs de sa protection, *L'École des maris* récompense la troupe de ses efforts. Représentée pour la première fois le 24 juin 1661, au théâtre du Palais-Royal, elle est ensuite donnée dans les résidences princières, notamment le 9 juillet chez Melle de Montpensier, cousine germaine du roi. La consécration a lieu véritablement quelques jours plus tard à Vaux-le-Vicomte, chez Nicolas Fouquet, alors en pleine gloire. Un mois plus tard, toujours à Vaux, à la veille de la déchéance du surintendant, la troupe joue *Les Fâcheux* en guise de divertissement au roi – il s'agit de la première comédie-ballet, dont Molière est l'inventeur du genre.

La pièce d'une époque

Propulsée par les circonstances bien précises de l'année 1661, *L'École des maris* se lit comme un témoignage précis de son époque. La mode, phénomène à la fois cyclique et éphémère, est relatée dans les tirades d'Ariste et de Sganarelle (I, 1 et 2), qui en relaient les principales tendances : le port de la perruque, les petits chapeaux, les accessoires tels que les mouches, les rubans, les pourpoints que l'on fait petits et les collets qui sont taillés grand. L'édit mentionné par Sganarelle à la scène 6 de l'acte II fait référence à l'édit somptuaire du 27 novembre 1660, affiché pour la

Pour mieux lire l'œuvre

seconde fois avant la première de *L'École des maris*. Il porte « règlement pour le retranchement du luxe des équipages » et défend de porter « aucune étoffe d'or et d'argent, fin ou faux, broderie ni autres choses semblables ». Ces édits somptuaires ont pour but d'interdire aux classes sociales autres que celle des gens de Cour l'usage excessif des broderies et des dentelles.

Autre témoignage de l'époque : la référence à la naissance prochaine du Dauphin, évoquée par Valère à la scène 3 de l'acte I. Il s'agit ici de Louis, le Grand Dauphin, fils aîné de Louis XIV et de Marie-Thérèse d'Autriche, destiné à naître le 1er novembre. Au moment où la pièce est écrite, la nouvelle de cette grossesse est rendue publique. Il est de bon goût, alors, que Molière ne laisse planer aucun doute sur le sexe de l'enfant princier.

Dernier détail qui donne à la pièce la marque d'une époque et scelle la complicité de l'auteur et de sa troupe avec le public : l'allusion à l'acteur Du Parc, connu pour son embonpoint et qualifié, sous les traits d'Ergaste, de « gros bœuf » par Sganarelle (II, 2).

La confluence de plusieurs sources

Comédie largement ancrée dans une époque, certes, mais inspirée par des sources nombreuses. Dans sa dédicace à Monseigneur le duc d'Orléans, frère du roi, Molière prévient son protecteur de « l'assemblage bien étrange » de ce qu'il présente comme une « bagatelle ». Les sources s'avèrent en effet variées. On a pu voir, à l'origine, l'influence du Latin Térence et de sa comédie *Les Adelphes*, pièce elle-même inspirée du Grec Ménandre, qui est consacrée aux valeurs de l'éducation. Elle pose la question de savoir si l'éducation doit être moderne et permissive ou, au contraire, répressive, en défendant les valeurs romaines.

Si ce principe alternatif est repris par Molière, avec les modèles opposés prônés par Ariste et Sganarelle, la comédie romaine n'est pas l'unique source d'inspiration. L'Italien Boccace, au XIVe siècle, dans une nouvelle du *Décaméron* (III, 3), souffle en effet à Molière

Pour mieux lire l'œuvre

l'idée d'un entremetteur amoureux fort peu habilité à remplir ce rôle... Molière va également élaborer son intrigue à partir de la lecture de la comédie de l'Espagnol Mendoza, *Le mari fait la femme et le traitement change les mœurs* (1643), où il est question de deux jeunes femmes traitées fort différemment par leur mari – celle qui peut jouir de sa liberté ne cherche pas la transgression, tandis que celle qui est cloîtrée ne songe qu'à tromper son époux.

C'est essentiellement à partir de ces deux dernières sources que Molière tisse cette pièce particulièrement marquée par son temps. Fort de l'héritage de la farce et de la commedia dell'arte, dont il patine les personnages de Sganarelle, Isabelle et Valère, il fait œuvre originale : sous le rire inhérent aux procédés connus de répétition et de quiproquo, c'est un siècle avide d'excès et de mode qui est critiqué. De même, sous les traits de Sganarelle, ce sont tous ces fâcheux, réfractaires au changement, que Molière condamne. Derrière la confrontation des deux modes d'éducation contraires se trouve l'opposition fondamentale, en cette période de changement, entre les partisans de la modernité et ceux qui s'arc-boutent sur la tradition.

Enfin, cette comédie place Molière en défenseur d'une conception novatrice du mariage, établie sur la confiance mutuelle et la liberté des deux parties, ce qui n'est guère de mise au début des années 1660. Quelques mois avant son mariage avec Armande Béjart, de vingt ans sa cadette et qui joue le rôle de Léonor dans la pièce, on peut considérer comme personnel le parti pris de Molière.

L'essentiel

Avec *L'École des maris* se tourne la page, pour Molière, d'années incertaines. C'est le point de départ d'un nouveau théâtre, qui, sans renier les farces du passé, s'ouvre sur une comédie plus fine, plus complexe, éclairée des idées de son époque. Là réside l'originalité de cette pièce qui parvient, en conjuguant diverses sources d'inspiration, à renvoyer aux spectateurs l'image de leur siècle. Un an plus tard, en 1662, *L'École des femmes* parachève ce principe.

Pour mieux lire l'œuvre

❖ L'œuvre aujourd'hui

L'École des maris : un titre porteur

L'École des maris donne, de par son titre, le ton d'un théâtre qui délivre des préceptes. Rarement intitulé de comédie a connu telle fortune. En décembre 1662, en effet, Molière reprend et élargit son thème avec *L'École des femmes*. Et, jusqu'à la fin du siècle, paraissent sur le même principe successivement une *École des cocus* de Dorimond, une *École de l'intérêt* par Le Petit, une *École des filles* de Montfleury, ainsi qu'une *École d'amour* signée Jacques Alluys. En 1705, c'est encore une adaptation des *Adelphes* de Térence, par Baron, qui prend le titre d'*École des pères*. Marivaux reprend également le titre de Molière, avec une *École des mères* en 1732. La mode des *Écoles* et du théâtre à visée didactique est ainsi lancée.

Aussi, lorsque Lisette, à la dernière scène, réplique avec bon sens « [...] si vous connaissez des maris loups-garous, / Envoyez-les au moins à l'école chez nous », c'est le théâtre qui se fait institution : l'expérience même des personnages instruit et le dénouement fait office de leçon. Ce principe s'applique au théâtre de Molière aujourd'hui encore : on ne saurait juger démodées les questions d'amour, de mariage et d'éducation, dont les enjeux, s'ils demeurent cruciaux, évoluent avec la société. Jouée abondamment du vivant de son auteur, *L'École des maris* figure toujours au répertoire de la Comédie-Française.

Au-delà des planches et des tréteaux, l'éloquence de ce titre résonne dans l'expression « l'école de la vie », qui, dans le vocabulaire courant, résume l'apprentissage des situations au gré des circonstances et rejoint « l'école du monde » dont parle Ariste à la scène 2 du premier acte. Dans la même veine, le titre de Molière fait aujourd'hui écho à différentes *écoles*, associations axées sur le partage de l'expérience, telles que « l'école des parents » ou « l'école des couples », chargées de répondre aux besoins actuels d'une société dont les repères certes changent, mais dont les préoccupations ne sont guère éloignées de celles du XVIIe siècle.

Pour mieux lire l'œuvre

Des thèmes actuels

Avec ce titre ambivalent d'*École des maris*, qui annonce des théories éducatives en même temps qu'il suggère l'apprentissage sentimental d'Ariste et de Sganarelle, Molière met à l'honneur les thèmes de l'éducation et de l'amour dans le mariage, avec la question cruciale de la place qu'y prennent les femmes. Si le spectateur du XVIIe siècle n'est guère habitué à voir ces dernières traitées avec la liberté qu'Ariste réserve à Léonor, il n'en demeure pas moins qu'au XXIe siècle, en dépit de l'évolution de la société en faveur des femmes, les thèmes de *L'École des maris* parlent singulièrement. Si la femme a désormais, au prix de longues conquêtes, la pleine jouissance de sa liberté, néanmoins, en prolongement de la thématique de Molière, la problématique connexe de l'égalité demeure en suspens dans bien des domaines, tels que le travail ou la politique. Et des études sociologiques avancent que les tâches ménagères, pour l'essentiel, incombent toujours au sexe féminin. Si « les grilles et les verrous » dont parle Ariste sont tombés, trois siècles et demi plus tard cependant, c'est toujours la femme qui, sous le regard ironique de Sganarelle, « s'applique toute aux choses du ménage »...

Actuelle, *L'École des maris* l'est aussi par la satire qu'elle fait de la mode et, par là même, d'une époque. Nous connaissons tous des « muguets » qui imposent leur vanité (depuis les bancs de l'école jusqu'aux cocktails mondains) par leurs caprices de mode, sans avoir conscience du caractère éphémère de ces diktats. Loin du politiquement correct, Molière n'a jamais été aussi contemporain.

> ### ✑ L'essentiel
>
> Avec son titre percutant, *L'École des maris* fait aujourd'hui encore écho à notre temps. La pièce invite tous les spectateurs à devenir élèves de « l'école du monde » que représente le théâtre. En outre, par l'actualité des thèmes qui y sont présentés, à savoir l'amour, l'éducation, le mariage et la mode, elle incite le spectateur du XXIe siècle à porter un regard neuf et nuancé sur son époque.

Avant d'aborder l'œuvre

L'École des maris

Molière

Comédie en 3 actes (1661)

L'ÉCOLE DES MARIS

Comédie représentée pour la première fois à Paris, sur le théâtre du Palais-Royal le 24 juin 1661 par la Troupe de Monsieur, frère unique du Roi.

À Monseigneur le duc d'Orléans, frère unique du Roi

Monseigneur,

Je fais ici voir à la France des choses bien peu proportionnées. Il n'est rien de si grand et de si superbe que le nom que je mets à la tête de ce livre ; et rien de plus bas que ce qu'il contient. Tout le monde trouvera cet assemblage étrange ; et quelques-uns pourront bien dire, pour en exprimer l'inégalité, que c'est poser une couronne de perles et de diamants sur une statue de terre, et faire entrer par des portiques magnifiques, et des arcs triomphaux superbes dans une méchante cabane. Mais Monseigneur, ce qui doit me servir d'excuse, c'est qu'en cette aventure je n'ai eu aucun choix à faire, et que l'honneur que j'ai d'être à Votre Altesse Royale, m'a imposé une nécessité absolue, de lui dédier le premier ouvrage que je mets de moi-même au jour. Ce n'est pas un présent que je lui fais ; c'est un devoir dont je m'acquitte ; et les hommages ne sont jamais regardés par les choses qu'ils portent. J'ai donc osé, Monseigneur, dédier une bagatelle à Votre Altesse Royale, parce que je n'ai pu m'en dispenser ; et si je me dispense ici de m'étendre sur les belles et glorieuses vérités qu'on pourrait dire d'Elle, c'est par la juste appréhension que ces grandes idées ne fissent éclater encore davantage la bassesse de mon offrande. Je me suis imposé silence, pour trouver un endroit plus propre à placer de si belles choses, et tout ce que j'ai prétendu dans cette Épître, c'est de justifier mon action à toute la France, et d'avoir cette gloire de vous dire à vous-même, Monseigneur, avec toute la soumission possible, que je suis,

De Votre Altesse Royale,
Le très humble, très obéissant,
Et très fidèle serviteur,
J.-B. P. Molière

L'École des maris

PERSONNAGES

Sganarelle[1], *frère d'Ariste.*
Ariste[2], *frère de Sganarelle.*
Isabelle, *sœur de Léonor.*
Léonor, *sœur d'Isabelle.*
Lisette, *suivante de Léonor.*
Valère, *amant d'Isabelle.*
Ergaste[3], *valet de Valère.*
Le commissaire.
Le notaire.

La scène est à Paris.

---

1. Sganarelle est un personnage de la commedia dell'arte dont le nom viendrait du verbe italien *sgannare*, qui signifie « dessiller », c'est-à-dire détromper.
2. Ariste est un prénom qui vient du grec *aristos*, signifiant « excellent ».
3. Du grec *ergon*, « tâche, action, travail ».

Acte I

Scène 1 SGANARELLE, ARISTE.

SGANARELLE
Mon frère, s'il vous plaît, ne discourons point tant,
Et que chacun de nous vive comme il l'entend[1].
Bien que sur moi des ans vous ayez l'avantage,
Et soyez assez vieux pour devoir être sage,
Je vous dirai pourtant que mes intentions
Sont de ne prendre point de vos corrections ;
Que j'ai pour tout conseil ma fantaisie[2] à suivre,
Et me trouve fort bien de ma façon de vivre.

ARISTE
Mais chacun la condamne.

SGANARELLE
                    Oui, des fous comme vous,
Mon frère.

ARISTE
         Grand merci : le compliment est doux.

SGANARELLE
Je voudrais bien savoir, puisqu'il faut tout entendre,
Ce que ces beaux censeurs[3] en moi peuvent reprendre[4].

ARISTE
Cette farouche humeur, dont la sévérité
Fuit toutes les douceurs de la société,
À tous vos procédés inspire un air bizarre,
Et, jusques à l'habit, rend tout chez vous barbare.

---

1. **Comme il l'entend** : comme il le souhaite.
2. **Ma fantaisie** : mon goût.
3. **Censeurs** : personnes qui critiquent et jugent.
4. **Reprendre** : reprocher.

L'École des maris

SGANARELLE
Il est vrai qu'à la mode il faut m'assujettir,
Et ce n'est pas pour moi que je me dois vêtir[1] !
Ne voudriez-vous point, par vos belles sornettes,
20 Monsieur mon frère aîné (car, Dieu merci, vous l'êtes
D'une vingtaine d'ans, à ne vous rien celer,
Et cela ne vaut point la peine d'en parler),
Ne voudriez-vous point, dis-je, sur ces matières,
De vos jeunes muguets[2] m'inspirer les manières ?
25 M'obliger à porter de ces petits chapeaux
Qui laissent éventer leurs débiles cerveaux,
Et de ces blonds cheveux, de qui la vaste enflure
Des visages humains offusque[3] la figure ?
De ces petits pourpoints[4] sous les bras se perdants,
30 Et de ces grands collets[5] jusqu'au nombril pendants ?
De ces manches qu'à table on voit tâter les sauces,
Et de ces cotillons[6] appelés hauts-de-chausses ?
De ces souliers mignons, de rubans revêtus,
Qui vous font ressembler à des pigeons pattus[7] ?
35 Et de ces grands canons[8] où, comme en des entraves,
On met tous les matins ses deux jambes esclaves,
Et par qui nous voyons ces messieurs les galants
Marcher écarquillés ainsi que des volants[9] ?
Je vous plairais, sans doute, équipé de la sorte ;
40 Et je vous vois porter les sottises qu'on porte.

---

1. **Que je me dois vêtir** : que je dois me vêtir.
2. **Muguets** : au XVIIᵉ siècle, désigne de jeunes galants parfumés à l'essence de muguet.
3. **Offusque** : cache.
4. **Pourpoint** : vêtement d'homme couvrant le torse jusqu'à la ceinture.
5. **Collet** : partie du vêtement qui entoure le cou.
6. **Cotillon** : culotte large et bouffante.
7. **Pattus** : dont les pattes portent des plumes.
8. **Canon** : pièce de toile, souvent ornée de dentelle attachée au-dessous du genou pour couvrir la jambe.
9. **Volant** : jouet d'enfant, dont les plumes qui le garnissent peuvent suggérer la démarche d'un galant.

Acte I - Scène 1

ARISTE

Toujours au plus grand nombre on doit s'accommoder,
Et jamais il ne faut se faire regarder.
L'un et l'autre excès choque, et tout homme bien sage
Doit faire des habits ainsi que du langage,
45 N'y rien trop affecter, et sans empressement
Suivre ce que l'usage y fait de changement.
Mon sentiment[1] n'est pas qu'on prenne la méthode
De ceux qu'on voit toujours renchérir sur la mode[2],
Et qui dans ces excès, dont ils sont amoureux,
50 Seraient fâchés qu'un autre eût été plus loin qu'eux.
Mais je tiens qu'il est mal, sur quoi que l'on se fonde,
De fuir obstinément ce que suit tout le monde,
Et qu'il vaut mieux souffrir d'être au nombre des fous,
Que du sage parti se voir seul contre tous.

SGANARELLE

55 Cela sent son vieillard, qui, pour en faire accroire[3],
Cache ses cheveux blancs d'une perruque noire.

ARISTE

C'est un étrange fait du soin que vous prenez
À me venir toujours jeter mon âge au nez,
Et qu'il faille qu'en moi sans cesse je vous voie
60 Blâmer l'ajustement aussi bien que la joie,
Comme si, condamnée à ne plus rien chérir,
La vieillesse devait ne songer qu'à mourir,
Et d'assez de laideur n'est pas accompagnée,
Sans se tenir encor malpropre et rechignée[4].

SGANARELLE

65 Quoi qu'il en soit, je suis attaché fortement
À ne démordre point de mon habillement.
Je veux une coiffure, en dépit de la mode,
Sous qui toute ma tête ait un abri commode ;

---

1. **Mon sentiment** : mon avis.
2. **Renchérir sur la mode** : être à la pointe de la mode.
3. **Pour en faire accroire** : pour tromper son monde.
4. **Rechignée** : négligée et d'humeur maussade.

L'École des maris

Un beau pourpoint bien long et fermé comme il faut,
Qui, pour bien digérer, tienne l'estomac chaud ;
Un haut-de-chausses fait justement pour ma cuisse ;
Des souliers où mes pieds ne soient point au supplice,
Ainsi qu'en ont usé sagement nos aïeux :
Et qui me trouve mal, n'a qu'à fermer les yeux.

Scène 2   Léonor, Isabelle, Ariste, Lisette, Sganarelle.

Léonor, *à Isabelle.*
Je me charge de tout, en cas que l'on vous gronde.

Lisette, *à Isabelle.*
Toujours dans une chambre à ne point voir le monde ?

Isabelle
Il est ainsi bâti[1].

Léonor
             Je vous en plains, ma sœur.

Lisette, *à Léonor.*
Bien vous prend que son frère ait tout une autre humeur[2],
Madame, et le destin vous fut bien favorable
En vous faisant tomber aux mains du raisonnable.

Isabelle
C'est un miracle encor qu'il ne m'ait aujourd'hui
Enfermée à la clef ou menée avec lui.

Lisette
Ma foi, je l'enverrais au diable avec sa fraise[3],
Et...

(Rencontrant Sganarelle.)

---

1. **Il est ainsi bâti** : il est comme cela.
2. **Humeur** : caractère.
3. **Fraise** : col dont la forme peut s'apparenter à celle d'une fraise, à la mode sous Henri IV.

Acte I - Scène 2

SGANARELLE
Où donc allez-vous, qu'il ne vous en déplaise ?

LÉONOR
85 Nous ne savons encore, et je pressais ma sœur
De venir du beau temps respirer la douceur,
Mais...

SGANARELLE, *à Léonor.*
Pour vous, vous pouvez aller où bon vous semble.

(Montrant Lisette.)

Vous n'avez qu'à courir, vous voilà deux ensemble.

(À Isabelle.)

Mais vous, je vous défends, s'il vous plaît, de sortir.

ARISTE
90 Eh ! laissez-les, mon frère, aller se divertir.

SGANARELLE
Je suis votre valet[1], mon frère.

ARISTE
              La jeunesse

Veut...

SGANARELLE
         La jeunesse est sotte, et parfois la vieillesse.

ARISTE
Croyez-vous qu'elle est mal d'être avec Léonor ?

SGANARELLE
Non pas ; mais avec moi je la crois mieux encor.

ARISTE
95 Mais...

SGANARELLE
         Mais ses actions de moi doivent dépendre,
Et je sais l'intérêt enfin que j'y dois prendre.

ARISTE
À celles de sa sœur ai-je un moindre intérêt ?

---

1. **Je suis votre valet** : je ne suis pas d'accord.

L'École des maris

SGANARELLE
Mon Dieu ! chacun raisonne et fait comme il lui plaît.
Elles sont sans parents, et notre ami leur père
Nous commit[1] leur conduite à son heure dernière,
Et, nous chargeant tous deux ou de les épouser,
Ou, sur notre refus, un jour d'en disposer,
Sur elles, par contrat, nous sut, dès leur enfance,
Et de père et d'époux donner pleine puissance.
D'élever celle-là vous prîtes le souci,
Et moi, je me chargeai du soin de celle-ci ;
Selon vos volontés vous gouvernez la vôtre :
Laissez-moi, je vous prie, à mon gré régir l'autre.

ARISTE
Il me semble…

SGANARELLE
　　　　　Il me semble, et je le dis tout haut,
Que sur un tel sujet c'est parler comme il faut.
Vous souffrez[2] que la vôtre aille leste[3] et pimpante :
Je le veux bien ; qu'elle ait et laquais et suivante :
J'y consens ; qu'elle coure, aime l'oisiveté,
Et soit des damoiseaux[4] fleurée[5] en liberté :
J'en suis fort satisfait ; mais j'entends que la mienne
Vive à ma fantaisie, et non pas à la sienne ;
Que d'une serge[6] honnête elle ait son vêtement,
Et ne porte le noir qu'aux bons jours[7] seulement ;
Qu'enfermée au logis, en personne bien sage,
Elle s'applique toute aux choses du ménage,
À recoudre mon linge aux heures de loisir,
Ou bien à tricoter quelque bas par plaisir ;

---

1. **Nous commit** : nous confia.
2. **Vous souffrez** : vous supportez.
3. **Leste** : bien mise.
4. **Damoiseaux** : gentilshommes.
5. **Fleurée** : flairée.
6. **Serge** : étoffe grossière.
7. **Aux bons jours** : les dimanches et jours de fête.

Acte I - Scène 2

Qu'aux discours des muguets[1] elle ferme l'oreille,
Et ne sorte jamais sans avoir qui la veille.
125 Enfin la chair est faible, et j'entends tous les bruits.
Je ne veux point porter de cornes[2], si je puis ;
Et comme à m'épouser sa fortune l'appelle,
Je prétends, corps pour corps, pouvoir répondre d'elle.

ISABELLE
Vous n'avez pas sujet, que je crois[3]...

SGANARELLE
                    Taisez-vous.
130 Je vous apprendrai bien s'il faut sortir sans nous.

LÉONOR
Quoi donc, monsieur...

SGANARELLE
                    Mon Dieu ! madame, sans langage[4],
Je ne vous parle pas, car vous êtes trop sage.

LÉONOR
Voyez-vous Isabelle avec nous à regret ?

SGANARELLE
Oui, vous me la gâtez[5], puisqu'il faut parler net :
135 Vos visites ici ne font que me déplaire,
Et vous m'obligerez de ne nous en plus faire.

LÉONOR
Voulez-vous que mon cœur vous parle net aussi ?
J'ignore de quel œil elle voit tout ceci ;
Mais je sais ce qu'en moi ferait la défiance,
140 Et quoiqu'un même sang nous ait donné naissance,
Nous sommes bien peu sœurs s'il faut que chaque jour
Vos manières d'agir lui donnent de l'amour.

---

1. **Muguets** : voir note 2, p. 24.
2. **Je ne veux point porter de cornes** : je ne veux point être trompé.
3. **Que je crois** : à ce que je crois.
4. **Sans langage** : sans en dire davantage.
5. **Vous me la gâtez** : vous me la gâchez.

L'École des maris

LISETTE
En effet, tous ces soins[1] sont des choses infâmes.
Sommes-nous chez les Turcs, pour renfermer les femmes ?
145 Car on dit qu'on les tient esclaves en ce lieu,
Et que c'est pour cela qu'ils sont maudits de Dieu.
Notre honneur est, monsieur, bien sujet à faiblesse,
S'il faut qu'il ait besoin qu'on le garde sans cesse.
Pensez-vous, après tout, que ces précautions
150 Servent de quelque obstacle à nos intentions
Et, quand nous nous mettons quelque chose à la tête,
Que l'homme le plus fin ne soit pas une bête ?
Toutes ces gardes-là sont visions de fous ;
Le plus sûr est, ma foi, de se fier en nous.
155 Qui nous gêne se met en un péril extrême,
Et toujours notre honneur veut se garder lui-même.
C'est nous inspirer presque un désir de pécher[2],
Que montrer tant de soins de nous en empêcher ;
Et, si par un mari je me voyais contrainte,
160 J'aurais fort grande pente à confirmer sa crainte.

SGANARELLE, *à Ariste.*
Voilà, beau précepteur[3], votre éducation,
Et vous souffrez cela sans nulle émotion ?

ARISTE
Mon frère, son discours ne doit que faire rire.
Elle a quelque raison en ce qu'elle veut dire :
165 Leur sexe aime à jouir d'un peu de liberté[4] ;
On le retient fort mal par tant d'austérité ;
Et les soins défiants, les verrous et les grilles
Ne font pas la vertu des femmes ni des filles.
C'est l'honneur qui les doit tenir dans le devoir,
170 Non la sévérité que nous leur faisons voir.

---

1. **Tous ces soins** : toutes ces précautions.
2. **Pécher** : commettre une faute.
3. **Précepteur** : personne chargée d'éducation et d'instruction.
4. **Leur sexe aime à jouir d'un peu de liberté** : les femmes aiment à profiter d'un peu de liberté.

Acte I - Scène 2

C'est une étrange[1] chose, à vous parler sans feinte,
Qu'une femme qui n'est sage que par contrainte.
En vain sur tous ses pas nous prétendons régner,
Je trouve que le cœur est ce qu'il faut gagner ;
175 Et je ne tiendrais, moi, quelque soin qu'on se donne,
Mon honneur guère sûr aux mains d'une personne
À qui, dans les désirs qui pourraient l'assaillir,
Il ne manquerait rien qu'un moyen de faillir.

SGANARELLE
Chansons que tout cela !

ARISTE
                    Soit ; mais je tiens sans cesse
180 Qu'il nous faut en riant instruire la jeunesse,
Reprendre ses défauts avec grande douceur,
Et du nom de vertu ne lui point faire peur.
Mes soins pour Léonor ont suivi ces maximes ;
Des moindres libertés je n'ai point fait des crimes.
185 À ses jeunes désirs j'ai toujours consenti,
Et je ne m'en suis point, grâce au ciel, repenti.
J'ai souffert[2] qu'elle ait vu les belles compagnies,
Les divertissements, les bals, les comédies ;
Ce sont choses, pour moi, que je tiens de tout temps
190 Fort propres à former l'esprit des jeunes gens ;
Et l'école du monde, en l'air dont il faut vivre[3],
Instruit mieux, à mon gré, que ne fait aucun livre.
Elle aime à dépenser en habits, linge et nœuds[4] :
Que voulez-vous ? je tâche à contenter ses vœux ;
195 Et ce sont des plaisirs qu'on peut, dans nos familles,
Lorsque l'on a du bien, permettre aux jeunes filles.
Un ordre paternel l'oblige à m'épouser ;
Mais mon dessein[5] n'est pas de la tyranniser.
Je sais bien que nos ans ne se rapportent guère,

---

1. **Étrange** : improbable.
2. **J'ai souffert** : j'ai supporté.
3. **En l'air dont il faut vivre** : sur la façon dont il faut vivre.
4. **Nœuds** : ornements.
5. **Mon dessein** : mon projet.

L'École des maris

200 Et je laisse à son choix liberté tout entière.
Si quatre mille écus de rente bien venants[1],
Une grande tendresse et des soins complaisants
Peuvent, à son avis, pour un tel mariage,
Réparer entre nous l'inégalité d'âge,
205 Elle peut m'épouser ; sinon, choisir ailleurs.
Je consens que sans moi ses destins soient meilleurs ;
Et j'aime mieux la voir sous un autre hyménée[2],
Que si contre son gré sa main m'était donnée.

SGANARELLE
Eh ! qu'il est doucereux ! c'est tout sucre et tout miel.

ARISTE
210 Enfin, c'est mon humeur[3], et j'en rends grâce au ciel.
Je ne suivrais jamais ces maximes sévères
Qui font que les enfants comptent les jours des pères.

SGANARELLE
Mais ce qu'en la jeunesse on prend de liberté
Ne se retranche pas avec facilité ;
215 Et tous ses sentiments suivront mal votre envie,
Quand il faudra changer sa manière de vie.

ARISTE
Et pourquoi la changer ?

SGANARELLE
                              Pourquoi ?

ARISTE
                                          Oui.

SGANARELLE
                                                Je ne sais.

ARISTE
Y voit-on quelque chose où l'honneur soit blessé ?

---

1. **Bien venants** : en valeur sûre.
2. **Hyménée** : mariage, union.
3. **C'est mon humeur** : c'est mon avis.

Acte I - Scène 2

SGANARELLE
Quoi ? si vous l'épousez, elle pourra prétendre
220 Les mêmes libertés que fille on lui voit prendre ?
ARISTE
Pourquoi non ?
SGANARELLE
  Vos désirs lui seront complaisants,
Jusques à lui laisser et mouches[1] et rubans ?
ARISTE
Sans doute[2].
SGANARELLE
  À lui souffrir, en cervelle troublée,
De courir tous les bals et les lieux d'assemblée ?
ARISTE
225 Oui vraiment.
SGANARELLE
  Et chez vous iront les damoiseaux ?
ARISTE
Et quoi donc ?
SGANARELLE
  Qui joueront et donneront cadeaux ?
ARISTE
D'accord.
SGANARELLE
  Et votre femme entendra les fleurettes[3] ?
ARISTE
Fort bien.

---

1. **Mouches** : petits morceaux de taffetas noir que les dames mettent sur leur visage pour faire ressortir la blancheur de leur peau.
2. **Sans doute** : assurément.
3. **Entendra les fleurettes** : se laissera courtiser.

L'École des maris

SGANARELLE
Et vous verrez ces visites muguettes[1]
D'un œil à témoigner de n'en être point soûl ?

ARISTE
Cela s'entend.

SGANARELLE
Allez, vous êtes un vieux fou.

(À Isabelle.)

Rentrez, pour ouïr[2] point cette pratique infâme[3].

ARISTE
Je veux m'abandonner à la foi de ma femme,
Et prétends toujours vivre ainsi que j'ai vécu.

SGANARELLE
Que j'aurai de plaisir quand il sera cocu !

ARISTE
J'ignore pour quel sort mon astre m'a fait naître ;
Mais je sais que pour vous, si vous manquez de l'être,
On ne vous en doit point imputer le défaut[4],
Car vos soins pour cela font bien tout ce qu'il faut.

SGANARELLE
Riez donc, beau rieur. Oh ! que cela doit plaire
De voir un goguenard[5] presque sexagénaire !

LÉONOR
Du sort dont vous parlez, je le garantis, moi,
S'il faut que par l'hymen[6] il reçoive ma foi :
Il s'en peut assurer ; mais sachez que mon âme
Ne répondrait de rien, si j'étais votre femme.

---

1. **Ces visites muguettes** : ces visites de muguets.
2. **Ouïr** : entendre.
3. **Cette pratique infâme** : cette conduite déshonorante.
4. **Le défaut** : le fait que de n'être pas cocu.
5. **Goguenard** : plaisantin.
6. **Hymen** : hyménée, mariage.

Acte I - Scène 2

LISETTE

245 C'est conscience à ceux qui s'assurent en nous ;
Mais c'est pain bénit[1], certes, à des gens comme vous.

SGANARELLE

Allez, langue maudite, et des plus mal apprises.

ARISTE

Vous vous êtes, mon frère, attiré ces sottises.
Adieu. Changez d'humeur, et soyez averti
250 Que renfermer sa femme est un mauvais parti.
Je suis votre valet[2].

SGANARELLE
               Je ne suis pas le vôtre.

(Seul.)

Oh ! que les voilà bien tous formés l'un pour l'autre !
Quelle belle famille ! Un vieillard insensé
Qui fait le dameret[3] dans un corps tout cassé ;
255 Une fille maîtresse et coquette suprême ;
Des valets impudents : non, la Sagesse même
N'en viendrait pas à bout, perdrait sens et raison
À vouloir corriger une telle maison.
Isabelle pourrait perdre dans ces hantises[4]
260 Les semences d'honneur qu'avec nous elle a prises ;
Et pour l'en empêcher dans peu nous prétendons
Lui faire aller revoir nos choux et nos dindons.

---

1. **C'est pain bénit** : c'est mérité.
2. Voir note 1, p. 27.
3. **Dameret** : personne désireuse de plaire aux dames.
4. **Ces hantises** : ces mauvaises fréquentations.

Clefs d'analyse

Acte I, scènes 1 et 2

Action et personnages

1. Quel est l'objet de cette première scène ? À quel type de discours avons-nous affaire ?
2. Quels sont les liens qui unissent les deux personnages ?
3. Caractérisez le ton employé par chacun des personnages.
4. Scène 2 : dites qui sont Léonor et Isabelle. Quels sont les liens qui les unissent à Ariste et Sganarelle ? En quoi sont-ils ambivalents ?
   Se trouvent-elles traitées à égalité ?
5. Relevez deux courtes répliques de Sganarelle dans lesquelles il réitère, à l'égard d'Ariste, des propos tenus à la scène précédente. Montrez ensuite les limites de sa stratégie argumentative.

Langue

6. Quel est le nom du vers utilisé dans la scène 1 ? Quelle est ici sa particularité ?
7. V. 10 : caractérisez le ton de la réplique d'Ariste.
8. Relevez les termes se rapportant au champ lexical de la mode (scène 1), en donnant leur définition.
9. V. 30 : « collet » et v. 34 : « pattus ». Expliquez la formation de ces termes, puis trouvez pour chacun un mot de la même famille ou une expression l'employant.
10. V. 81 à 178 : relevez les termes appartenant au champ lexical de l'enfermement. Que traduisent-ils sur la conception du mariage de Sganarelle ?
11. V. 83 : précisez le niveau de langue utilisé ainsi que le temps, le mode et la forme infinitive du verbe employé.
12. V. 100 : « commit » ; v. 103 : « sut » ; v. 105 : « prîtes » ; v. 106 : « chargeai ». Donnez l'infinitif de ces formes verbales et précisez le temps employé.
13. V. 221 à 230 : comment nomme-t-on la succession de répliques courtes observée ici ?
14. Quelle est la particularité du vers 251 ? En vous aidant de la note, indiquez sur quel procédé repose cette réplique de Sganarelle.

Clefs d'analyse

Acte I, scènes 1 et 2

Genre ou thèmes

15. V. 17 à 40 : de qui et de quoi Sganarelle fait-il la satire ? Quels procédés comiques sont utilisés à cet effet ?
16. Comment peut-on qualifier cette première scène ?
17. Quel nouveau sujet oppose Sganarelle et Ariste dans la scène 2 ? Développez les points de vue de chacun.
18. V. 161 : quel titre Sganarelle attribue-t-il à Ariste ? Quel rapport pouvez-vous établir avec le titre de la pièce ?
19. Quels avantages le mode d'éducation d'Ariste présente-t-il ?
20. Qu'est-ce que « l'école du monde », selon Ariste ?

Écriture

21. À la manière de Sganarelle, écrivez la satire de la mode masculine ou féminine du XXIe siècle.
22. Des deux conceptions éducatives énoncées dans la scène 2, quelle est celle qui vous paraît le plus adaptée à notre monde moderne ? Répondez en un paragraphe argumenté d'une quinzaine de lignes.

Pour aller plus loin

23. Recherchez, dans la littérature ou dans les arts, d'autres exemples de joutes verbales entre deux frères.
24. Réalisez un exposé sur la mode au temps du Roi-Soleil.
25. Faites un état des lieux des droits des femmes dans le monde.

✲ À retenir

Molière campe le portrait de deux frères que tout semble opposer : Sganarelle, bien que plus jeune, fuit la société et la mode de son temps, tandis qu'Ariste, réaliste, voit de l'utilité à s'en accommoder. Le titre de la pièce s'éclaire : tous deux vont faire, avec Léonor et Isabelle, l'apprentissage des relations amoureuses.

L'École des maris

Scène 3   Ergaste, Valère, Sganarelle.

Valère, *dans le fond du théâtre.*
Ergaste, le voilà cet Argus[1] que j'abhorre[2],
Le sévère tuteur de celle que j'adore.

Sganarelle, *se croyant seul.*
265 N'est-ce pas quelque chose enfin de surprenant
Que la corruption des mœurs de maintenant !

Valère
Je voudrais l'accoster, s'il est en ma puissance,
Et tâcher de lier avec lui connaissance.

Sganarelle, *se croyant seul.*
Au lieu de voir régner cette sévérité
270 Qui composait si bien l'ancienne honnêteté,
La jeunesse en ces lieux, libertine[3], absolue[4],
Ne prend…

(Valère salue Sganarelle de loin.)

Valère
        Il ne voit pas que c'est lui qu'on salue.

Ergaste
Son mauvais œil peut-être est de ce côté-ci :
Passons du côté droit.

Sganarelle, *se croyant seul.*
                Il faut sortir d'ici :
275 Le séjour de la ville en moi ne peut produire
Que des…

Valère, *en s'approchant peu à peu.*
        Il faut chez lui tâcher de m'introduire.

---

1. **Argus** : prince argien aux cent yeux chargé par Héra de garder Io, transformée par ses soins en génisse.
2. **Que j'abhorre** : que je déteste.
3. **Libertine** : qui prend des libertés.
4. **Absolue** : indépendante.

Acte I - Scène 3

SGANARELLE, *entendant quelque bruit.*
Heu ! j'ai cru qu'on parlait.
(Se croyant seul.)
                                    Aux champs[1], grâces aux cieux,
Les sottises du temps ne blessent point mes yeux.
ERGASTE, *à Valère.*
Abordez-le.
SGANARELLE, *entendant encore du bruit.*
          Plaît-il ?
(N'entendant plus rien.)
                    Les oreilles me cornent.
(Se croyant seul.)
280   Là, tous les passe-temps de nos filles se bornent…
(Valère salue.)
Est-ce à nous ?
ERGASTE
          Approchez.
SGANARELLE, *sans prendre garde à Valère.*
                              Là, nul godelureau[2]
Ne vient.
(Valère resalue.)
      Que diable !
(Ergaste salue de l'autre côté.)
                    Encor ? Que de coups de chapeau !
VALÈRE
Monsieur, un tel abord vous interrompt peut-être ?
SGANARELLE
Cela se peut.

---

1. **Aux champs** : à la campagne.
2. **Godelureau** : jeune élégant prétentieux.

L'École des maris

VALÈRE
Mais quoi ! l'honneur de vous connaître
M'est un si grand bonheur, m'est un si doux plaisir,
Que de vous saluer j'avais un grand désir.

SGANARELLE
Soit.

VALÈRE
Et de vous venir, mais sans nul artifice,
Assurer que je suis tout à votre service.

SGANARELLE
Je le crois.

VALÈRE
J'ai le bien[1] d'être de vos voisins,
Et j'en dois rendre grâce à mes heureux destins.

SGANARELLE
C'est bien fait.

VALÈRE
Mais, monsieur, savez-vous les nouvelles
Que l'on dit à la Cour, et qu'on tient pour fidèles[2] ?

SGANARELLE
Que m'importe ?

VALÈRE
Il est vrai ; mais pour les nouveautés
On peut avoir parfois des curiosités.
Vous irez voir, monsieur, cette magnificence
Que de notre Dauphin prépare la naissance[3] ?

SGANARELLE
Si je veux.

VALÈRE
Avouons que Paris nous fait part
De cent plaisirs charmants qu'on n'a point autre part :

---

1. **J'ai le bien** : j'ai l'honneur.
2. **Fidèles** : vraies.
3. Il s'agit de Louis, le Grand Dauphin, né quatre mois après la création de la pièce.

Acte I - Scène 4

Les provinces auprès sont des lieux solitaires.
À quoi donc passez-vous le temps ?

SGANARELLE

À mes affaires.

VALÈRE
L'esprit veut du relâche, et succombe parfois
Par trop d'attachement aux sérieux emplois[1].
Que faites-vous les soirs avant qu'on se retire ?

SGANARELLE
Ce qui me plaît.

VALÈRE

Sans doute[2] : on ne peut pas mieux dire
Cette réponse est juste, et le bon sens paraît
À ne vouloir jamais faire que ce qui plaît.
Si je ne vous croyais l'âme trop occupée,
J'irais parfois chez vous passer l'après-soupée.

SGANARELLE
Serviteur.

Scène 4 VALÈRE, ERGASTE.

VALÈRE

Que dis-tu de ce bizarre fou ?

ERGASTE
Il a le repart[3] brusque, et l'accueil loup-garou.

VALÈRE
Ah ! j'enrage !

ERGASTE

Et de quoi ?

---

1. **Aux sérieux emplois** : aux occupations sérieuses.
2. **Sans doute** : assurément.
3. **Le repart** : la repartie.

L'École des maris

VALÈRE

De quoi ? C'est que j'enrage
De voir celle que j'aime au pouvoir d'un sauvage,
D'un dragon surveillant, dont la sévérité
Ne lui laisse jouir[1] d'aucune liberté.

ERGASTE

C'est ce qui fait pour vous[2] ; et sur ces conséquences
Votre amour doit fonder de grandes espérances.
Apprenez, pour avoir votre esprit affermi,
Qu'une femme qu'on garde est gagnée à demi,
Et que les noirs chagrins[3] des maris ou des pères
Ont toujours du galant avancé les affaires.
Je coquette fort peu[4], c'est mon moindre talent,
Et de profession je ne suis point galant ;
Mais j'en ai servi vingt de ces chercheurs de proie,
Qui disaient fort souvent que leur plus grande joie
Était de rencontrer de ces maris fâcheux
Qui jamais sans gronder ne reviennent chez eux ;
De ces brutaux fieffés[5], qui sans raison ni suite,
De leurs femmes en tout contrôlent la conduite,
Et, du nom de mari fièrement se parants
Leur rompent en visière[6] aux yeux des soupirants.
« On en sait, disent-ils, prendre ses avantages,
Et l'aigreur de la dame à ces sortes d'outrages,
Dont la plaint doucement le complaisant témoin,
Est un champ à pousser les choses assez loin. »
En un mot, ce vous est une attente assez belle,
Que la sévérité du tuteur d'Isabelle.

VALÈRE

Mais depuis quatre mois que je l'aime ardemment,
Je n'ai pour lui parler pu trouver un moment.

---

1. **Jouir** : profiter.
2. **C'est ce qui fait pour vous** : c'est ce qui agit en votre faveur.
3. **Chagrins** : humeurs.
4. **Je coquette fort peu** : je ne me pavane pas auprès des femmes.
5. **Fieffés** : sacrés.
6. **Leur rompent en visière** : les attaquent de face.

Acte I - Scène 4

ERGASTE
L'amour rend inventif ; mais vous ne l'êtes guère,
Et si j'avais été…
VALÈRE
              Mais qu'aurais-tu pu faire,
Puisque sans ce brutal on ne la voit jamais,
Et qu'il n'est là-dedans servantes ni valets
Dont, par l'appas flatteur de quelque récompense,
Je puisse pour mes feux ménager l'assistance ?
ERGASTE
Elle ne sait donc pas encor que vous l'aimez ?
VALÈRE
C'est un point dont mes vœux ne sont pas informés.
Partout où ce farouche a conduit cette belle,
Elle m'a toujours vu comme une ombre après elle,
Et mes regards aux siens ont tâché chaque jour
De pouvoir expliquer l'excès de mon amour[1].
Mes yeux ont fort parlé, mais qui me peut apprendre
Si leur langage enfin a pu se faire entendre ?
ERGASTE
Ce langage, il est vrai, peut être obscur parfois,
S'il n'a pour truchement[2] l'écriture ou la voix.
VALÈRE
Que faire pour sortir de cette peine extrême,
Et savoir si la belle a connu que je l'aime ?
Dis-m'en quelque moyen.
ERGASTE
              C'est ce qu'il faut trouver.
Entrons un peu chez vous, afin d'y mieux rêver.

---

1. **L'excès de mon amour** : l'ampleur de mon amour.
2. **Truchement** : moyen.

Clefs d'analyse

Acte I, scènes 3 et 4

Action et personnages

1. Quels nouveaux personnages entrent en scène ? Quel est leur rôle ?
2. Que cherche à faire Valère au début de la scène 3 ? Y parvient-il immédiatement ?
3. V. 263 : justifiez le qualificatif donné par Valère à Sganarelle.
4. À quel type de comique avons-nous affaire dans la première partie de la scène 3 ?
5. Sur quel ton Valère s'adresse-t-il à Sganarelle lorsqu'il y parvient ? Quel trait de son caractère est ainsi mis en valeur ?
6. Quel prétexte Valère prend-il pour amorcer la conversation ?
7. Quel portrait peut-on faire d'Ergaste dans la scène 4 ? Qu'en attend Valère ? Peut-on s'attendre à ce qu'Ergaste soit à la hauteur ?
8. V. 345 : en quoi la question d'Ergaste nous renseigne-t-elle sur l'intrigue ?

Langue

9. V. 263 : par quelle figure de style Valère interpelle-t-il son valet ?
10. V. 263 et 264 : « j'abhorre » / « j'adore ». Quel rapport unit ces deux mots ? Remplacez chacun d'eux par un synonyme.
11. V. 309 : expliquez, en vous référant à la scène 2, la dernière réplique de la scène.
12. V. 310 : indiquez la classe et la fonction grammaticales de « loup-garou ». Comment est-il ici employé ?
13. V. 310 à 314 : relevez trois termes employés pour qualifier Sganarelle. Quelle est leur connotation ?
14. V. 321 : expliquez la formation du verbe conjugué.
15. V. 331 à 334 : transposez ces paroles rapportées au discours indirect.

Clefs d'analyse

Acte I, scènes 3 et 4

Genre ou thèmes

16. Quels sont les thèmes ressassés par Sganarelle dans la scène 3 ? En quoi peut-on dire qu'ils sont présentés par Molière comme des lieux communs ?
17. Indiquez, dans la scène 4, qui est précepteur et qui est élève.
18. V. 315 à 350 : quels conseils donne Ergaste en matière de stratégie amoureuse ? Relevez trois adjectifs qui qualifient selon lui un mauvais mari.
19. V. 319 : à qui sont les « noirs chagrins » qui favorisent les « affaires » du galant ? En quoi cette généralité s'accorde-t-elle particulièrement à la situation de Valère ?
20. V. 325 : qu'est-ce qu'un « mari fâcheux » selon Ergaste ?

Écriture

21. « L'amour rend inventif [...] » (v. 339). Développez en une quinzaine de lignes ce que vous inspirent ces paroles sur la créativité du sentiment amoureux.
22. Faites le portrait, imaginaire ou réel, du fâcheux de votre choix.

Pour aller plus loin

23. Faites une recherche sur le personnage et le nom d'Argus dans la mythologie et à notre époque.
24. Recherchez, dans la littérature, d'autres exemples de fâcheux.
25. Jouez la scène 3 en ayant pris soin au préalable d'écrire les didascalies propres à mettre en valeur les jeux de scène.

✻ À retenir

Les scènes 3 et 4 permettent à l'intrigue de s'esquisser : Valère, troisième figure masculine, conseillé par Ergaste, vient faire également son apprentissage amoureux. Sa rencontre avec Sganarelle, dont le caractère de fâcheux se confirme, laisse présager le suspense du deuxième acte : Valère parviendra-t-il à rentrer en contact avec Isabelle et à déjouer la surveillance de son geôlier ?

L'École des maris

ACTE II

Scène 1   Isabelle, Sganarelle.

Sganarelle
Va, je sais la maison, et connais la personne
Aux marques[1] seulement que ta bouche me donne.

Isabelle, *à part.*
Ô ciel ! sois-moi propice, et seconde en ce jour
Le stratagème adroit d'une innocente amour.

Sganarelle
Dis-tu pas qu'on t'a dit qu'il s'appelle Valère ?

Isabelle
Oui.

Sganarelle
    Va, sois en repos, rentre et me laisse faire ;
Je vais parler sur l'heure à ce jeune étourdi.

Isabelle
Je fais, pour une fille, un projet bien hardi ;
Mais l'injuste rigueur dont envers moi l'on use,
Dans tout esprit bien fait me servira d'excuse.

Scène 2   Sganarelle, Ergaste, Valère.

Sganarelle, *seul.*
Ne perdons point de temps. C'est ici : qui va là[2] ?
Bon, je rêve : holà ! dis-je, holà, quelqu'un ! holà !
Je ne m'étonne pas, après cette lumière[3],

---

1. **Aux marques** : à l'expression.
2. Sganarelle frappe lui-même à sa propre porte.
3. **Cette lumière** : cet éclaircissement.

Acte II - Scène 2

S'il y venait tantôt de si douce manière ;
Mais je veux me hâter, et de son fol espoir...

(Ergaste sort brusquement.)

Peste soit du gros bœuf[1], qui pour me faire choir[2]
Se vient devant mes pas planter comme une perche !

VALÈRE
Monsieur, j'ai du regret...

SGANARELLE
Ah ! c'est vous que je cherche.

VALÈRE
Moi, monsieur ?

SGANARELLE
Vous. Valère est-il pas votre nom ?

VALÈRE
Oui.

SGANARELLE
Je viens vous parler, si vous le trouvez bon[3].

VALÈRE
Puis-je être assez heureux pour vous rendre service ?

SGANARELLE
Non. Mais je prétends, moi, vous rendre un bon office[4],
Et c'est ce qui chez vous prend droit de m'amener.

VALÈRE
Chez moi, monsieur ?

SGANARELLE
Chez vous. Faut-il tant s'étonner ?

VALÈRE
J'en ai bien du sujet, et mon âme, ravie
De l'honneur...

---

1. Le « gros bœuf » désigne Ergaste, joué par l'acteur Du Parc, dont l'embonpoint est avéré.
2. **Choir** : tomber.
3. **Si vous le trouvez bon** : si vous êtes d'accord.
4. **Office** : service.

L'École des maris

SGANARELLE
Laissons là cet honneur, je vous prie.

VALÈRE
Voulez-vous pas entrer ?

SGANARELLE
Il n'en est pas besoin.

VALÈRE
Monsieur, de grâce.

SGANARELLE
Non, je n'irai pas plus loin.

VALÈRE
Tant que vous serez là, je ne puis vous entendre.

SGANARELLE
Moi, je n'en veux bouger.

VALÈRE
Eh bien ! il faut se rendre.
Vite, puisque monsieur à cela se résout,
Donnez un siège ici.

SGANARELLE
Je veux parler debout.

VALÈRE
Vous souffrir de la sorte ?

SGANARELLE
Ah ! contrainte effroyable !

VALÈRE
Cette incivilité serait trop condamnable.

SGANARELLE
C'en est une que rien ne saurait égaler,
De ouïr pas les gens qui veulent nous parler.

VALÈRE
Je vous obéis donc.

SGANARELLE
Vous ne sauriez mieux faire.

Acte II - Scène 2

(Ils font de grandes cérémonies pour se couvrir.)
Tant de cérémonie est fort peu nécessaire.
Voulez-vous m'écouter ?

VALÈRE

Sans doute, et de grand cœur.

SGANARELLE

Savez-vous, dites-moi, que je suis le tuteur
D'une fille assez jeune, et passablement[1] belle,
Qui loge en ce quartier, et qu'on nomme Isabelle ?

VALÈRE

Oui.

SGANARELLE

Si vous le savez, je ne vous l'apprends pas.
Mais, savez-vous aussi, lui trouvant des appas,
Qu'autrement qu'en tuteur sa personne me touche,
Et qu'elle est destinée à l'honneur de ma couche[2] ?

VALÈRE

Non.

SGANARELLE

Je vous l'apprends donc, et qu'il est à propos
Que vos feux[3], s'il vous plaît, la laissent en repos.

VALÈRE

Qui ? moi, monsieur ?

SGANARELLE

Oui, vous ; mettons bas toute feinte.

VALÈRE

Qui vous a dit que j'ai pour elle l'âme atteinte ?

SGANARELLE

Des gens à qui l'on peut donner quelque crédit.

VALÈRE

Mais encore ?

---

1. **Passablement** : assez.
2. **Destinée à l'honneur de ma couche** : destinée à devenir ma femme.
3. **Vos feux** : vos ardeurs.

L'École des maris

SGANARELLE
           Elle-même.
VALÈRE
                    Elle ?
SGANARELLE
                         Elle. Est-ce assez dit ?
Comme une fille honnête, et qui m'aime d'enfance,
Elle vient de m'en faire entière confidence ;
Et, de plus, m'a chargé de vous donner avis
Que, depuis que par vous tous ses pas sont suivis,
Son cœur, qu'avec excès votre poursuite outrage,
N'a que trop de vos yeux entendu le langage,
Que vos secrets désirs lui sont assez connus,
Et que c'est vous donner des soucis superflus
De vouloir davantage expliquer une flamme
Qui choque l'amitié[1] que me garde son âme.

VALÈRE
C'est elle, dites-vous, qui de sa part vous fait...

SGANARELLE
Oui, vous venir donner cet avis franc et net,
Et qu'ayant vu l'ardeur dont votre âme est blessée,
Elle vous eût plus tôt fait savoir sa pensée,
Si son cœur avait eu, dans son émotion,
À qui pouvoir donner cette commission ;
Mais qu'enfin la douleur d'une contrainte extrême
L'a réduite à vouloir se servir de moi-même,
Pour vous rendre averti, comme je vous ai dit,
Qu'à tout autre que moi son cœur est interdit,
Que vous avez assez joué de la prunelle,
Et que, si vous avez tant soit peu de cervelle,
Vous prendrez d'autres soins[2]. Adieu, jusqu'au revoir.
Voilà ce que j'avais à vous faire savoir.

---

1. **L'amitié** : l'amour.
2. **Vous prendrez d'autres soins** : vous porterez sur une autre vos sentiments.

Acte II - Scène 2

VALÈRE, *bas.*
Ergaste, que dis-tu d'une telle aventure ?
SGANARELLE, *bas, à part.*
Le voilà bien surpris !
ERGASTE, *bas, à Valère.*
                       Selon ma conjecture,
Je tiens qu'elle n'a rien de déplaisant pour vous,
Qu'un mystère assez fin est caché là-dessous,
Et qu'enfin cet avis n'est pas d'une personne
Qui veuille voir cesser l'amour qu'elle vous donne.
SGANARELLE, *à part.*
Il en tient comme il faut[1].
VALÈRE, *bas, à Ergaste.*
                       Tu crois mystérieux...
ERGASTE
Oui... Mais il nous observe, ôtons-nous de ses yeux.
SGANARELLE, *seul.*
Que sa confusion paraît sur son visage !
Il ne s'attendait pas, sans doute, à ce message.
Appelons Isabelle : elle montre le fruit
Que l'éducation dans une âme produit.
La vertu fait ses soins, et son cœur s'y consomme[2]
Jusques à s'offenser des seuls regards d'un homme.

---

1. **Il en tient comme il faut** : il est sous le choc.
2. **Son cœur s'y consomme** : son cœur s'y consacre pleinement.

Clefs d'analyse

Acte II, scènes 1 et 2

Action et personnages

1. Quels sont les personnages en présence au début de la scène 1 ? Peut-on véritablement parler de dialogue ?
2. Comment (à quelle personne) Sganarelle s'adresse-t-il à Isabelle ? Qu'est-ce qui justifie cette familiarité ?
3. Quel peut être, selon vous, le « projet bien hardi pour une fille » dont il est question au vers 366 ?
4. À qui s'adresse Isabelle dans les trois derniers vers de la scène 1 ?
5. Où se rend Sganarelle au début de la scène 2 ?
6. Quel trait de son caractère est ici mis en lumière ? À quel type de comique avons-nous affaire ?
7. En quoi la scène 2 est-elle une réplique inversée de la scène 3 du premier acte ?
8. Comment réagit Valère à la déclaration de Sganarelle ?

Langue

9. V. 362 : indiquez le genre du mot « amour ». Est-ce le genre habituel au singulier ?
10. V. 363 : indiquez le type et la forme de la phrase. Qu'y manque-t-il ?
11. Comment nomme-t-on le type de propos tenu par Isabelle à la fin de la scène 1 ?
12. V. 367 : qui est désigné par « on » ? Rappelez sa classe grammaticale. Quelle conclusion en tirez-vous sur cet usage ?
13. Que traduisent les répliques de Valère à la forme interrogative dans la scène 2 ?
14. V. 373 : son « fol » espoir. De quel adjectif s'agit-il ? Justifiez son orthographe et remplacez-le par « beau ».
15. V. 379 et 380 : quel rapport de sens entretiennent « office » et « service » ? Ont-ils le même sens ici ? Que permettent les mots de même sens ?
16. V. 376 à 409 : quels sont les pronoms personnels le plus utilisés ? Comment reflètent-ils le duel Sganarelle/Ariste ?
17. V. 399 : relevez la figure de style et dites l'effet produit.

Clefs d'analyse

Acte II, scènes 1 et 2

Genre ou thèmes

18. Au début de l'entrevue entre Valère et Sganarelle (scène 2), montrez comment ce dernier bafoue les codes de la politesse. Citez le vers qui met en relief le comique de situation.
19. En quelle qualité Sganarelle se présente-t-il à Valère ? En vous appuyant sur le texte, dites l'ambivalence de ce statut, déjà remarquée dans l'acte I.
20. Commentez la dernière réplique de Sganarelle à la fin de la scène 2. En quoi peut-on penser que celui-ci se trompe sur Isabelle ?

Écriture

21. Couchez sur le papier, à destination de tous les Sganarelle du monde, dix règles indispensables à la vie en société.

Pour aller plus loin

22. Mettez en scène la scène 2, en prenant soin de mettre en évidence le comique de situation.
23. Faites une recherche sur les autres comédies de Molière qui mettent en scène le personnage de Sganarelle. Vous ferez ressortir pour chacune d'elles les traits dominants de sa personnalité.
24. Recherchez les autres noms de la langue française qui, comme « amour », sont masculin au singulier et féminin au pluriel.

✲ À retenir

En écho à la scène 3 de l'acte I, le début de l'acte II centre l'intrigue sur les sentiments que Valère voue à Isabelle. Sganarelle se trouve conforté dans son rôle de fâcheux, retranché du monde et détaché des codes qui régissent la vie en société : son personnage contribue, par le comique de situation et de répétition, à donner à *L'École des maris* son masque de comédie.

L'École des maris

Scène 3   ISABELLE, SGANARELLE.

ISABELLE, *à part, en entrant.*
J'ai peur que mon amant[1], plein de sa passion,
N'ait pas de mon avis compris l'intention ;
Et j'en veux, dans les fers où je suis prisonnière,
Hasarder un qui parle avec plus de lumière.

SGANARELLE
Me voilà de retour.

ISABELLE
    Hé bien ?

SGANARELLE
        Un plein effet
A suivi tes discours, et ton homme a son fait.
Il me voulait nier que son cœur fût malade ;
Mais, lorsque de ta part j'ai marqué l'ambassade[2],
Il est resté d'abord et muet et confus,
Et je ne pense pas qu'il y revienne plus.

ISABELLE
Ha ! que me dites-vous ? J'ai bien peur du contraire,
Et qu'il ne nous prépare encor plus d'une affaire.

SGANARELLE
Et sur quoi fondes-tu cette peur que tu dis ?

ISABELLE
Vous n'avez pas été plus tôt hors du logis,
Qu'ayant, pour prendre l'air, la tête à ma fenêtre,
J'ai vu dans ce détour[3] un jeune homme paraître,
Qui d'abord, de la part de cet impertinent,
Est venu me donner un bonjour surprenant,
Et m'a, droit dans ma chambre, une boîte jetée
Qui renferme une lettre en poulet[4] cachetée.

---

1. **Mon amant** : celui que j'aime.
2. **J'ai marqué l'ambassade** : j'ai fait savoir ton message.
3. **Détour** : coin de la rue.
4. **En poulet** : en billet amoureux.

Acte II - Scène 3

J'ai voulu sans tarder lui rejeter le tout ;
Mais ses pas de la rue avaient gagné le bout,
Et je m'en sens le cœur tout gros de fâcherie.

SGANARELLE
Voyez un peu la ruse et la friponnerie !

ISABELLE
Il est de mon devoir de faire promptement
Reporter boîte et lettre à ce maudit amant ;
Et j'aurais pour cela besoin d'une personne...
Car d'oser à vous-même...

SGANARELLE
                    Au contraire, mignonne,
C'est me faire mieux voir ton amour et ta foi,
Et mon cœur avec joie accepte cet emploi ;
Tu m'obliges par là plus que je ne puis dire.

ISABELLE
Tenez donc.

SGANARELLE
          Bon. Voyons ce qu'il a pu t'écrire.

ISABELLE
Ah ! ciel ! gardez-vous bien de l'ouvrir.

SGANARELLE
                                  Et pourquoi ?

ISABELLE
Lui voulez-vous donner à croire que c'est moi ?
Une fille d'honneur doit toujours se défendre
De lire les billets qu'un homme lui fait rendre[1] :
La curiosité qu'on fait lors éclater
Marque un secret plaisir de s'en ouïr conter ;
Et je trouve à propos que toute cachetée
Cette lettre lui soit promptement reportée,
Afin que d'autant mieux il connaisse aujourd'hui
Le mépris éclatant que mon cœur fait de lui ;

---

1. **Lui fait rendre** : lui apporte.

L'École des maris

Que ses feux désormais perdent toute espérance,
Et n'entreprennent plus pareille extravagance.

SGANARELLE
Certes elle a raison lorsqu'elle parle ainsi.
Va, ta vertu me charme[1], et ta prudence[2] aussi :
Je vois que mes leçons ont germé dans ton âme,
Et tu te montres digne enfin d'être ma femme.

ISABELLE
Je ne veux pas pourtant gêner votre désir,
La lettre est dans vos mains, et vous pouvez l'ouvrir.

SGANARELLE
Non, je n'ai garde ; hélas ! tes raisons sont trop bonnes
Et je vais m'acquitter du soin que tu me donnes[3] ;
À quatre pas de là dire ensuite deux mots,
Et revenir ici te remettre en repos.

Scène 4 SGANARELLE, ERGASTE.

SGANARELLE, *seul.*
Dans quel ravissement est-ce que mon cœur nage,
Lorsque je vois en elle une fille si sage !
C'est un trésor d'honneur que j'ai dans ma maison.
Prendre un regard d'amour pour une trahison,
Recevoir un poulet[4] comme une injure extrême
Et le faire au galant reporter par moi-même !
Je voudrais bien savoir, en voyant tout ceci,
Si celle de mon frère en userait ainsi.
Ma foi, les filles sont ce que l'on les fait être.
Holà !

---

1. **Ta vertu me charme** : ta vertu me séduit.
2. **Ta prudence** : ta sagesse.
3. **Je vais m'acquitter du soin que tu me donnes** : je vais te rendre tes services.
4. **Poulet** : voir note 4, p. 54.

Acte II - Scène 5

ERGASTE
  Qu'est-ce ?
SGANARELLE
     Tenez, dites à votre maître
Qu'il ne s'ingère pas[1] d'oser écrire encor
Des lettres qu'il envoie avec des boîtes d'or,
515 Et qu'Isabelle en est puissamment irritée.
Voyez, on ne l'a pas au moins décachetée :
Il connaîtra l'état que l'on fait de ses feux,
Et quel heureux succès il doit espérer d'eux.

Scène 5   VALÈRE, ERGASTE.

VALÈRE
Que vient de te donner cette farouche bête ?
ERGASTE
520 Cette lettre, monsieur, qu'avecque cette boîte
On prétend qu'ait reçue Isabelle de vous,
Et dont elle est, dit-il, en un fort grand courroux ;
C'est sans vouloir l'ouvrir qu'elle vous la fait rendre.
Lisez vite, et voyons si je me puis méprendre.

(Valère lit.)

« *Cette lettre vous surprendra sans doute, et l'on peut trouver bien hardis pour moi et le dessein de vous l'écrire et la manière de vous la faire tenir ; mais je me vois dans un état à ne plus garder de mesure. La juste horreur d'un mariage dont je suis menacée dans six jours me fait hasarder toutes choses ; et dans la résolution de m'en affranchir par quelque voie que ce soit, j'ai cru que je devais plutôt vous choisir que le désespoir. Ne croyez pas pourtant que vous soyez redevable de tout à ma mauvaise destinée : ce n'est pas la contrainte où je me trouve qui a fait naître les sentiments que j'ai pour vous ;*

---

1. **Qu'il ne s'ingère pas** : qu'il ne se mêle pas.

L'École des maris

mais c'est elle qui en précipite le témoignage, et qui me fait passer sur des formalités où la bienséance du sexe[1] oblige. Il ne tiendra qu'à vous que je sois à vous bientôt, et j'attends seulement que vous m'ayez marqué les intentions de votre amour pour vous faire savoir la résolution que j'ai prise ; mais surtout songez que le temps presse, et que deux cours[2] qui s'aiment doivent s'entendre à demi-mot. »

ERGASTE
Eh bien ! monsieur, le tour est-il d'original[3] ?
Pour une jeune fille, elle n'en sait pas mal !
De ces ruses d'amour la croirait-on capable ?

VALÈRE
Ah ! je la trouve là tout à fait adorable.
Ce trait de son esprit et de son amitié
Accroît pour elle encor mon amour de moitié,
Et joint aux sentiments que sa beauté m'inspire.

ERGASTE
La dupe vient ; songez à ce qu'il vous faut dire.

---

1. **La bienséance du sexe** : la bienséance qui sied aux femmes.
2. **Cours** : cœurs.
3. **Le tour est-il d'original ?** : le tour n'est-il pas inédit ?

Clefs d'analyse
Acte II, scènes 3, 4 et 5

Action et personnages

1. En quoi la scène 3 met-elle en œuvre une première partie du « projet bien hardi » dont parlait Isabelle au vers 366 ?
2. V. 472 : expliquez le double sens de cette remarque de Sganarelle.
3. En quoi le comportement d'Isabelle dans la scène 3 est-il audacieux ? Brossez le portrait de celle-ci en vous appuyant sur le texte et la mise en scène qu'il implique.
4. Comment appelle-t-on le discours de Sganarelle au début de la scène 4 ?
5. Qui est le véritable destinataire de la lettre ? Quels sont le contenu de la lettre et le ton employé par son auteur ?
6. Quel jugement Ergaste porte-t-il sur Isabelle ?
7. Quel personnage Ergaste désigne-t-il par « la dupe » à la fin de la scène 5 ?
8. Rappelez les personnages en présence dans chacune des scènes 3, 4 et 5. Que constatez-vous ?

Langue

9. V. 455 : à quel temps et quel mode se trouve « fût » ? Donnez son infinitif.
10. V. 458 : tournez le vers à la forme affirmative.
11. V. 468 : qu'est-ce qu'une « lettre en poulet » ? Rédigez ensuite la définition du mot « poulet » sur le modèle du dictionnaire.
12. V. 470 : indiquez la nature et la fonction grammaticales de « de la rue ».
13. V. 476 : quel adjectif emploie Sganarelle pour s'adresser à Isabelle ? Rapprochez-le de celui dont use Valère au vers 528, puis indiquez la fonction grammaticale pour chacun de ces emplois.
14. V. 501 : soulignez le comique de ce vers.
15. Relevez les mots et expressions appartenant au champ lexical épistolaire.
16. « Ne croyez pas… songez » : quel est le mode employé pour ces deux formes dans la lettre ? Quelle valeur exprime-t-il ?

Clefs d'analyse

Acte II, scènes 3, 4 et 5

Genre ou thèmes

17. V. 493 à 511 : quelle fonction Sganarelle entend-il exercer auprès d'Isabelle ? Comment comprendre ici le titre de la pièce ?
18. En vous appuyant sur les scènes 3 et 4, dites ce qui séduit Sganarelle chez sa pupille. Cela vous surprend-il de sa part ?
19. La lettre (scène 5) respecte-t-elle les codes du texte épistolaire ? Pour quelle raison à votre avis ? Qui s'adresse à qui ? Quelles sont les différentes parties ?
20. Justifiez ce qui pousse Isabelle à l'audace d'une telle lettre.

Écriture

21. Dans le contexte d'une relation amoureuse entravée par un tiers, écrivez un billet d'amour sur le modèle de celui d'Isabelle, en conservant l'anonymat des personnes concernées. Vous pourrez faire lire votre production par un camarade et constituer un recueil avec les plus beaux « poulets » de la classe ainsi écrits.

Pour aller plus loin

22. Faites une recherche sur les différentes formes que peut prendre la correspondance amoureuse, de l'époque de Molière jusqu'à la nôtre. Vous donnerez des exemples issus de la littérature et de la vie quotidienne.

> ### ✲ À retenir
>
> L'action se resserre autour de l'intrigue amoureuse dont Isabelle, en comédienne confirmée et sûre de ses sentiments, manie les ficelles avec dextérité. Sganarelle en est la première victime, puisqu'il en est dupé. Valère, quant à lui, se voit promu au rang d'élu. Le suspense va s'orienter à présent sur la manière dont ce dernier trompera à son tour le tuteur de celle qu'il aime.

Acte II - Scène 6

Scène 6 Sganarelle, Valère, Ergaste.

Sganarelle, *se croyant seul.*
Oh ! trois et quatre fois béni soit cet édit[1]
Par qui des vêtements le luxe est interdit !
535 Les peines des maris ne seront plus si grandes,
Et les femmes auront un frein à leurs demandes.
Oh ! que je sais au roi bon gré de ces décris[2] !
Et que, pour le repos de ces mêmes maris,
Je voudrais bien qu'on fît de la coquetterie
540 Comme de la guipure[3] et de la broderie !
J'ai voulu l'acheter, l'édit, expressément,
Afin que d'Isabelle il soit lu hautement[4] ;
Et ce sera tantôt, n'étant plus occupée,
Le divertissement de notre après-soupée.

(Apercevant Valère.)

545 Enverrez-vous encor, monsieur aux blonds cheveux,
Avec des boîtes d'or des billets amoureux ?
Vous pensiez bien trouver quelque jeune coquette,
Friande de l'intrigue, et tendre à la fleurette ?
Vous voyez de quel air on reçoit vos joyaux :
550 Croyez-moi, c'est tirer votre poudre aux moineaux[5] !
Elle est sage, elle m'aime, et votre amour l'outrage ;
Prenez visée ailleurs[6], et troussez-moi bagage[7].

Valère
Oui, oui, votre mérite, à qui chacun se rend,
Est à mes yeux, monsieur, un obstacle trop grand ;

---

1. Référence à l'édit du 27 novembre 1660 visant à freiner les dépenses ayant trait au luxe.
2. **Décris** : interdictions.
3. **Guipure** : dentelle.
4. **Hautement** : à voix haute.
5. **C'est tirer votre poudre aux moineaux** : c'est du temps perdu.
6. **Prenez visée ailleurs** : portez ailleurs vos ambitions.
7. **Troussez-moi bagage** : partez rapidement.

L'École des maris

555 Et c'est folie à moi, dans mon ardeur fidèle,
De prétendre avec vous à l'amour d'Isabelle.

SGANARELLE
Il est vrai, c'est folie.

VALÈRE
Aussi n'aurais-je pas
Abandonné mon cœur à suivre ses appas,
Si j'avais pu prévoir que ce cœur misérable
560 Dût trouver un rival comme vous redoutable.

SGANARELLE
Je le crois.

VALÈRE
Je n'ai garde à présent d'espérer ;
Je vous cède, monsieur, et c'est sans murmurer.

SGANARELLE
Vous faites bien.

VALÈRE
Le droit de la sorte l'ordonne ;
Et de tant de vertus brille votre personne,
565 Que j'aurais tort de voir d'un regard de courroux
Les tendres sentiments qu'Isabelle a pour vous.

SGANARELLE
Cela s'entend.

VALÈRE
Oui, oui, je vous quitte la place[1].
Mais je vous prie au moins (et c'est la seule grâce,
Monsieur, que vous demande un misérable amant
570 Dont vous seul aujourd'hui causez tout le tourment),
Je vous conjure donc d'assurer Isabelle
Que si depuis trois mois mon cœur brûle pour elle,
Cet amour est sans tache, et n'a jamais pensé
À rien dont son honneur ait lieu d'être offensé.

---

1. **Je vous quitte la place** : je vous laisse la place.

Acte II - Scène 6

SGANARELLE
Oui.
VALÈRE
Que, ne dépendant que du choix de mon âme,
Tous mes desseins étaient de l'obtenir pour femme,
Si les destins, en vous[1], qui captivez son cœur,
N'opposaient un obstacle à cette juste ardeur.
SGANARELLE
Fort bien.
VALÈRE
Que, quoi qu'on fasse, il ne lui faut pas croire
Que jamais ses appas sortent de ma mémoire ;
Que, quelque arrêt des cieux qu'il me faille subir,
Mon sort est de l'aimer jusqu'au dernier soupir ;
Et que, si quelque chose étouffe mes poursuites,
C'est le juste respect que j'ai pour vos mérites.
SGANARELLE
C'est parler sagement ; et je vais de ce pas
Lui faire ce discours, qui ne la choque pas.
Mais, si vous me croyez, tâchez de faire en sorte
Que de votre cerveau cette passion sorte.
Adieu.
ERGASTE, *à Valère.*
La dupe est bonne !
SGANARELLE, *seul.*
Il me fait grand pitié,
Ce pauvre malheureux tout rempli d'amitié[2] ;
Mais c'est un mal pour lui de s'être mis en tête
De vouloir prendre un fort qui se voit ma conquête.
(Sganarelle heurte à sa porte.)

---

1. **En vous** : avec vous.
2. **Amitié** : amour.

L'École des maris

Scène 7   SGANARELLE, ISABELLE.

SGANARELLE
Jamais amant n'a fait tant de trouble éclater,
Au poulet renvoyé sans se décacheter[1] :
Il perd toute espérance enfin, et se retire.
Mais il m'a tendrement conjuré de te dire
Que du moins en t'aimant il n'a jamais pensé
À rien dont ton honneur ait lieu d'être offensé,
Et que, ne dépendant que du choix de son âme,
Tous ses désirs étaient de t'obtenir pour femme,
Si les destins, en moi, qui captive ton cœur,
N'opposaient un obstacle à cette juste ardeur ;
Que, quoi qu'on puisse faire, il ne te faut pas croire
Que jamais tes appas sortent de sa mémoire ;
Que, quelque arrêt des cieux qu'il lui faille subir,
Son sort est de t'aimer jusqu'au dernier soupir ;
Et que, si quelque chose étouffe sa poursuite,
C'est le juste respect qu'il a pour mon mérite.
Ce sont ses propres mots ; et loin de le blâmer,
Je le trouve honnête homme, et le plains de t'aimer.

ISABELLE, *bas*.
Ses feux ne trompent point ma secrète croyance[2],
Et toujours ses regards m'en ont dit l'innocence.

SGANARELLE
Que dis-tu ?

ISABELLE
               Qu'il m'est dur que vous plaigniez si fort
Un homme que je hais à l'égal de la mort ;
Et que, si vous m'aimiez autant que vous le dites,
Vous sentiriez l'affront que me font ses poursuites.

---

1. **Sans se décacheter** : sans être décacheté.
2. **Ses feux ne trompent pas ma secrète croyance** : son amour est tel que je me l'imaginais secrètement.

Acte II - Scène 7

SGANARELLE
Mais il ne savait pas tes inclinations ;
Et par l'honnêteté de ses intentions
Son amour ne mérite…

ISABELLE
                  Est-ce les avoir bonnes,
Dites-moi, de vouloir enlever les personnes ?
Est-ce être homme d'honneur de former des desseins
Pour m'épouser de force en m'ôtant de vos mains ?
Comme si j'étais fille à supporter la vie
Après qu'on m'aurait fait une telle infamie !

SGANARELLE
Comment ?

ISABELLE
            Oui, oui : j'ai su que ce traître d'amant
Parle de m'obtenir par un enlèvement ;
Et j'ignore, pour moi, les pratiques[1] secrètes
Qui l'ont instruit sitôt du dessein que vous faites
De me donner la main dans huit jours au plus tard,
Puisque ce n'est que d'hier, que vous m'en fîtes part ;
Mais il veut prévenir[2], dit-on, cette journée
Qui doit à votre sort unir ma destinée.

SGANARELLE
Voilà qui ne vaut rien.

ISABELLE
                Oh ! que pardonnez-moi !
C'est un fort honnête homme, et qui ne sent pour moi.

SGANARELLE
Il a tort ; et ceci passe la raillerie.

ISABELLE
Allez, votre douceur entretient sa folie ;
S'il vous eût vu tantôt lui parler vertement[3],

---

1. **Pratiques** : intrigues.
2. **Prévenir** : devancer.
3. **Vertement** : avec rudesse.

L'École des maris

Il craindrait vos transports et mon ressentiment :
Car c'est encor depuis sa lettre méprisée
Qu'il a dit ce dessein qui m'a scandalisée ;
Et son amour conserve, ainsi que je l'ai su,
La croyance qu'il est dans mon cœur bien reçu,
Que je fuis votre hymen, quoi que le monde en croie,
Et me verrais tirer de vos mains avec joie.

SGANARELLE
Il est fou.

ISABELLE
　　　　　Devant vous il sait se déguiser,
Et son intention est de vous amuser[1].
Croyez par ces beaux mots que le traître vous joue.
Je suis bien malheureuse, il faut que je l'avoue,
Qu'avecque tous mes soins pour vivre dans l'honneur
Et rebuter les vœux d'un lâche suborneur[2],
Il faille être exposée aux fâcheuses surprises
De voir faire sur moi d'infâmes[3] entreprises !

SGANARELLE
Va, ne redoute rien.

ISABELLE
　　　　　Pour moi, je vous le dis,
Si vous n'éclatez fort contre un trait[4] si hardi,
Et ne trouvez bientôt moyen de me défaire
Des persécutions d'un pareil téméraire,
J'abandonnerai tout, et renonce à l'ennui
De souffrir les affronts que je reçois de lui.

SGANARELLE
Ne t'afflige point tant ; va, ma petite femme,
Je m'en vais le trouver et lui chanter sa gamme[5].

---

1. **Son intention est de vous amuser** : son intention est de faire diversion.
2. **Suborneur** : personne qui séduit une jeune fille sans expérience.
3. **Infâmes** : déshonorantes.
4. **Trait** : attaque.
5. **Lui chanter sa gamme** : le réprimander.

Acte II - Scène 7

ISABELLE
Dites-lui bien au moins qu'il le nierait en vain,
Que c'est de bonne part qu'on m'a dit son dessein ;
Et qu'après cet avis, quoi qu'il puisse entreprendre,
J'ose le défier de me pouvoir surprendre ;
Enfin que sans plus perdre et soupirs et moments,
Il doit savoir pour vous quels sont mes sentiments,
Et que, si d'un malheur, il ne veut être cause,
Il ne se fasse pas deux fois dire une chose.

SGANARELLE
Je dirai ce qu'il faut.

ISABELLE
                        Mais tout cela d'un ton
Qui marque que mon cœur lui parle tout de bon.

SGANARELLE
Va, je n'oublierai rien, je t'en donne assurance.

ISABELLE
J'attends votre retour avec impatience.
Hâtez-le, s'il vous plaît, de tout votre pouvoir :
Je languis quand je suis un moment sans vous voir.

SGANARELLE
Va, pouponne[1], mon cœur, je reviens tout à l'heure.
(Seul.)

Est-il une personne et plus sage et meilleure ?
Ah ! que je suis heureux ! et que j'ai de plaisir
De trouver une femme au gré de mon désir !
Oui, voilà comme il faut que les femmes soient faites,
Et non, comme j'en sais, de ces franches coquettes
Qui s'en laissent conter, et font dans tout Paris
Montrer au bout du doigt leurs honnêtes maris.
(Il frappe à la porte de Valère.)
Holà ! notre galant aux belles entreprises !

---

1. **Pouponne** : mot galant.

Clefs d'analyse

Acte II, scènes 6 et 7

Action et personnages

1. À quelle scène du deuxième acte la scène 6 fait-elle écho ?
2. Sur quel ton Sganarelle parle-t-il à Valère ? Comment Valère lui répond-il ? Quel aspect de sa personnalité cela met-il en lumière ?
3. V. 589 : « La dupe est bonne ! » Qui prononce ces paroles ? Quel est son rôle dans la scène ? Retrouvez, dans la scène précédente, un emploi différent de ce terme.
4. Quel jugement Sganarelle porte-t-il sur Valère au début de la scène 7 ? Pour quelle raison ? Montrez comment Isabelle l'égare progressivement.
5. Comment Sganarelle est-il investi malgré lui du rôle de messager ?

Langue

6. V. 542 : rappelez la voix de la forme verbale, puis indiquez la fonction du groupe nominal « d'Isabelle ». À quelles contraintes l'auteur qui versifie est-il soumis ?
7. V. 556 à 567 : observez les réponses de Sganarelle aux propos de Valère. De quel type de phrase s'agit-il ?
8. V. 545 : par quelle expression Sganarelle désigne-t-il Valère ? Que lui reproche-t-il ainsi ?
9. V. 597 à 608 : de qui Sganarelle rapporte-t-il les paroles ? Transposez-les au discours direct.
10. Scène 7 : par quels termes galants Sganarelle s'adresse-t-il à Isabelle ? En quoi est-ce surprenant ? Quel verbe est répété à plusieurs reprises ? Quel est l'effet produit ?

Genre ou thèmes

11. Quel thème de société cher à Sganarelle est-il repris au début de la scène 6 ? Pour quelle raison ce dernier est-il satisfait de l'édit récemment promulgué ?

Clefs d'analyse

Acte II, scènes 6 et 7

12. À quelles « peines des maris » (v. 535) la tirade de Sganarelle fait-elle référence ? Quel aspect de la personnalité de Sganarelle cette remarque met-elle en lumière ?
13. Quels sont les termes employés par Sganarelle pour désigner Isabelle au dernier vers de la scène 6 ? En quoi sont-ils révélateurs de la conception que celui-ci se fait du mariage ?
14. Qu'est-ce, selon Sganarelle, qu'un « honnête homme » (v. 610) ? Qui qualifie-t-il ainsi dans la scène, et pourquoi ?
15. Analysez la stratégie d'Isabelle, du vers 613 jusqu'à la fin de la scène 7, en faisant ressortir la dualité de sa personnalité. Que recherche-t-elle ?
16. Qu'est-ce qui fait le comique des scènes 6 et 7 ?

Écriture

17. Sganarelle cite l'édit somptuaire du roi interdisant le port de vêtements de luxe. Sur le même principe, imaginez, en une dizaine de lignes, une loi récente sur un thème analogue visant les femmes et ayant pour but de contraindre la mode féminine.

Pour aller plus loin

18. Faites une recherche sur la loi interdisant le port du pantalon pour les femmes. Quand cette loi a-t-elle été abrogée ?
19. Faites une recherche sur l'idéal que représente « l'honnête homme » au XVIIe siècle.

> ### ✳ À retenir
>
> Les masques triomphent : Isabelle, jeune femme offusquée des avances d'un impudent, Valère, amant malheureux, et Sganarelle, qui revêt à son insu la fonction d'entremetteur amoureux. Le mensonge et la manipulation mènent à présent la partie, et il ressort, par la maîtrise du jeu d'Isabelle, que les femmes chez Molière sont les premières maîtresses à l'école des maris.

L'École des maris

Scène 8   Valère, Sganarelle, Ergaste.

Valère
Monsieur, qui vous ramène en ce lieu ?

Sganarelle
                                    Vos sottises.

Valère
Comment ?

Sganarelle
                Vous savez bien de quoi je veux parler.
Je vous croyais plus sage, à ne vous rien celer[1].
Vous venez m'amuser de vos belles paroles,
Et conservez sous main des espérances folles.
Voyez-vous, j'ai voulu doucement vous traiter,
Mais vous m'obligerez à la fin d'éclater.
N'avez-vous point de honte, étant ce que vous êtes,
De faire en votre esprit les projets que vous faites ?
Et prétendre enlever une fille d'honneur,
Et troubler un hymen[2] qui fait tout son bonheur ?

Valère
Qui vous a dit, monsieur, cette étrange nouvelle ?

Sganarelle
Ne dissimulons point, je la tiens d'Isabelle,
Qui vous mande par moi[3], pour la dernière fois,
Qu'elle vous a fait voir assez quel est son choix ;
Que son cœur, tout à moi, d'un tel projet s'offense ;
Qu'elle mourrait plutôt qu'en souffrir l'insolence ;
Et que vous causerez de terribles éclats
Si vous ne mettez fin à tout cet embarras[4].

Valère
S'il est vrai qu'elle ait dit ce que je viens d'entendre,

---

1. **À ne rien vous celer** : à ne rien vous cacher.
2. **Hymen** : mariage.
3. **Qui vous mande par moi** : qui vous fait savoir par moi.
4. **Embarras** : situation délicate.

Acte II - Scène 9

J'avouerai que mes feux[1] n'ont plus rien à prétendre ;
Par ces mots assez clairs je vois tout terminé,
Et je dois révérer[2] l'arrêt qu'elle a donné.

SGANARELLE
S'il ?... Vous en doutez donc, et prenez pour des feintes
Tout ce que de sa part je vous ai fait de plaintes ?
Voulez-vous qu'elle-même elle explique son cœur ?
J'y consens volontiers pour vous tirer d'erreur.
Suivez-moi, vous verrez s'il est rien que j'avance,
Et si son jeune cœur entre nous deux balance[3].

Scène 9 ISABELLE, SGANARELLE, VALÈRE.

ISABELLE
Quoi ? vous me l'amenez ! Quel est votre dessein ?
Prenez-vous contre moi ses intérêts en main ?
Et voulez-vous, charmé de ses rares mérites,
M'obliger à l'aimer, et souffrir[4] ses visites ?

SGANARELLE
Non, m'amie[5], et ton cœur pour cela m'est trop cher.
Mais il prend mes avis pour des contes en l'air,
Croit que c'est moi qui parle et te fais, par adresse[6],
Pleine pour lui de haine et pour moi de tendresse ;
Et par toi-même enfin j'ai voulu, sans retour,
Le tirer d'une erreur qui nourrit son amour.

ISABELLE
Quoi ! mon âme à vos yeux ne se montre pas toute,
Et de mes vœux encor vous pouvez être en doute ?

VALÈRE
Oui, tout ce que monsieur de votre part m'a dit,
Madame, a bien pouvoir de surprendre un esprit.

---

1. **Mes feux** : mes sentiments.
2. **Révérer** : respecter.
3. **Balance** : hésite.
4. **Souffrir** : supporter.
5. **M'amie** : mon amie.
6. **Par adresse** : par ruse.

L'École des maris

J'ai douté, je l'avoue ; et cet arrêt suprême,
Qui décide du sort de mon amour extrême,
Doit m'être assez touchant, pour ne pas s'offenser[1]
Que mon cœur par deux fois le fasse prononcer.

ISABELLE
Non, non, un tel arrêt ne doit pas vous surprendre :
Ce sont mes sentiments qu'il vous a fait entendre ;
Et je les tiens fondés sur assez d'équité,
Pour en faire éclater toute la vérité.
Oui, je veux bien qu'on sache, et j'en dois être crue,
Que le sort offre ici deux objets à ma vue,
Qui, m'inspirant pour eux différents sentiments,
De mon cœur agité font tous les mouvements.
L'un, par un juste choix où l'honneur m'intéresse,
A toute mon estime et toute ma tendresse ;
Et l'autre, pour le prix de son affection,
A toute ma colère et mon aversion.
La présence de l'un m'est agréable et chère,
J'en reçois dans mon âme une allégresse entière ;
Et l'autre, par sa vue, inspire dans mon cœur
De secrets mouvements et de haine et d'horreur.
Me voir femme de l'un est toute mon envie ;
Et, plutôt qu'être à l'autre, on m'ôterait la vie.
Mais c'est assez montrer mes justes sentiments,
Et trop longtemps languir dans ces rudes tourments :
Il faut que ce que j'aime, usant de diligence[2],
Fasse à ce que je hais perdre toute espérance,
Et qu'un heureux hymen affranchisse mon sort
D'un supplice pour moi plus affreux que la mort.

SGANARELLE
Oui, mignonne, je songe à remplir ton attente.

ISABELLE
C'est l'unique moyen de me rendre contente[3].

---

1. **Pour ne pas s'offenser** : pour que vous ne soyez pas offensé.
2. **Diligence** : rapidité.
3. **De me rendre contente** : de me donner entière satisfaction.

Acte II - Scène 9

SGANARELLE
Tu la[1] seras dans peu.
ISABELLE
                      Je sais qu'il est honteux
Aux filles d'exprimer si librement leurs vœux.
SGANARELLE
Point, point.
ISABELLE
                Mais, en l'état où sont mes destinées,
760 De telles libertés doivent m'être données ;
Et je puis, sans rougir, faire un aveu si doux
À celui que déjà je regarde en époux.
SGANARELLE
Oui, ma pauvre fanfan, pouponne de mon âme !
ISABELLE
Qu'il songe donc, de grâce, à me prouver sa flamme !
SGANARELLE
765 Oui, tiens, baise ma main.
ISABELLE
                      Que sans plus de soupirs
Il conclue un hymen qui fait tous mes désirs,
Et reçoive en ce lieu la foi que je lui donne
De n'écouter jamais les vœux d'autre personne.
(Elle fait semblant d'embrasser Sganarelle, et donne sa main à baiser à Valère.)

SGANARELLE
Hai ! Hai ! mon petit nez, pauvre petit bouchon,
770 Tu ne languiras pas longtemps, je t'en réponds.
(À Valère.)

Va, chut ! Vous le voyez, je ne lui fais pas dire :
Ce n'est qu'après moi seul que son âme respire.

---

1. **La** : le.

L'École des maris

VALÈRE
Eh bien, madame, eh bien ! c'est s'expliquer assez ;
Je vois par ce discours de quoi vous me pressez,
Et je saurai dans peu vous ôter la présence
De celui qui vous fait si grande violence.

ISABELLE
Vous ne me sauriez faire un plus charmant plaisir ;
Car enfin cette vue est fâcheuse à souffrir,
Elle m'est odieuse ; et l'horreur est si forte…

SGANARELLE
Eh ! eh !

ISABELLE
      Vous offensé-je en parlant de la sorte ?
Fais-je…

SGANARELLE
      Mon Dieu, nenni[1], je ne dis pas cela ;
Mais je plains, sans mentir, l'état où le voilà.
Et c'est trop hautement[2] que ta haine se montre.

ISABELLE
Je n'en puis trop montrer en pareille rencontre[3].

VALÈRE
Oui, vous serez contente ; et dans trois jours, vos yeux
Ne verront plus l'objet qui vous est odieux.

ISABELLE
À la bonne heure[4]. Adieu.

SGANARELLE
      Je plains votre infortune ;
Mais…

VALÈRE
      Non, vous n'entendrez de mon cœur plainte aucune.
Madame, assurément, rend justice à tous deux,

---

1. **Nenni** : non.
2. **Hautement** : ouvertement.
3. **En pareille rencontre** : en pareille circonstance.
4. **À la bonne heure** : tant mieux.

Acte II - Scène 10

790 Et je vais travailler à contenter ses vœux.
Adieu.

SGANARELLE
      Pauvre garçon ! sa douleur est extrême.
Venez, embrassez-moi : c'est un autre elle-même[1].
(Il embrasse Valère.)

Scène 10   ISABELLE, SGANARELLE.

SGANARELLE
Je le tiens fort à plaindre.

ISABELLE
      Allez, il ne l'est point.

SGANARELLE
Au reste, ton amour me touche au dernier point,
795 Mignonnette, et je veux qu'il ait sa récompense.
C'est trop que de huit jours pour ton impatience ;
Dès demain je t'épouse, et n'y veux appeler…

ISABELLE
Dès demain !

SGANARELLE
      Par pudeur tu feins d'y reculer :
Mais je sais bien la joie où ce discours te jette,
800 Et tu voudrais déjà que la chose fût faite.

ISABELLE
Mais…

SGANARELLE
      Pour ce mariage allons tout préparer.

ISABELLE, *à part.*
Ô ciel ! inspire-moi ce qui peut le parer[2] !

---

1. **C'est un autre elle-même** : c'est un autre moi-même.
2. **Le parer** : le retenir.

Clefs d'analyse

Acte II, scènes 8 à 10

Action et personnages

1. Quelles sont les « espérances folles » auxquelles Sganarelle fait allusion au début de la scène 8 ?
2. V. 704 : pour quelle raison Valère se permet-il d'émettre un doute quant à la véracité des propos d'Isabelle ?
3. Que propose Sganarelle à Valère à la fin de la scène 8 ? En quoi est-ce inespéré pour ce dernier ?
4. Scène 9 : montrez comment Isabelle se rend maîtresse du jeu. Relevez notamment toutes les paroles qui se prêtent à une double interprétation.
5. Analysez le rôle de Sganarelle et précisez comment la communication s'établit entre Isabelle et Valère. Quelle est la promesse de ce dernier à son égard à la fin de la scène 9 ?
6. V. 793 : expliquez la réponse d'Isabelle à Sganarelle.
7. Montrez comment la scène 9 opère un retournement de situation.
8. À quoi Isabelle a-t-elle recours ? Qu'est-ce que cela met en lumière ?

Langue

9. V. 684 : expliquez la formation du nom « sottise », puis donnez-en un synonyme construit de la même façon.
10. V. 703 et 704 : qu'expriment les propositions dans les vers « S'il est vrai qu'elle ait dit ce que je viens d'entendre / J'avouerai que mes feux n'ont plus rien à prétendre » ?
11. V. 706 : expliquez le sens du mot « arrêt » dans ce vers. Quel autre sens connaissez-vous à ce mot ?
12. Caractérisez le ton des deux premières répliques d'Isabelle au début de la scène 9. Montrez comment elles concourent à la mise en scène d'Isabelle.
13. V. 739 à 746 : analysez la construction de ces vers, du point de vue syntaxique et lexical.
14. Relevez et classez les termes et expressions qui appartiennent au vocabulaire amoureux dans les scènes 9 et 10, selon les entrées thématiques suivantes : amour, mariage et vocabulaire galant.

Clefs d'analyse

Acte II, scènes 8 à 10

Genre ou thèmes

15. V. 707 à 712 : quel est le changement dans l'attitude de Sganarelle vis-à-vis de Valère ?
16. V. 377 et 378 : qu'en concluez-vous sur la liberté d'expression en matière de sentiment amoureux à l'époque de Molière ?
17. Montrez comment le comique, dans cette scène, s'organise autour du personnage de Sganarelle.
18. Scène 10 : à quel sentiment Sganarelle impute-t-il la réticence d'Isabelle au mariage qu'il précipite ?

Écriture

19. Imaginez des didascalies pour ces trois scènes qui tiennent compte de l'ambiguïté du jeu d'Isabelle et de Valère ainsi que des sentiments exprimés par Sganarelle.
20. « Ma petite femme, mon petit nez, pauvre petit bouchon [...]. » À l'image de Sganarelle qui sait adresser des mots doux, composez-en une dizaine de votre imagination.

Pour aller plus loin

21. Faites une recherche sur les genres de la farce et de la commedia dell'arte, et montrez leur influence dans *L'École des maris*.
22. Relevez une ou deux scènes d'une pièce de Molière dans laquelle un personnage se fait berner.

> ### ✽ À retenir
>
> Ce sont à la fois la nuance des personnages et le comique qui triomphent à la fin de l'acte II. Isabelle, entraînant Valère au jeu de la feinte, manipule un Sganarelle ridiculisé sur l'échiquier des sentiments. Mais Molière ne fige rien : le retournement de situation qui intervient à la dernière scène, redonnant à Sganarelle sa carrure autoritaire, promet un troisième acte tout en rebondissements.

L'École des maris

ACTE III

Scène 1   Isabelle

ISABELLE
Oui, le trépas cent fois me semble moins à craindre
Que cet hymen fatal où l'on veut me contraindre ;
805 Et tout ce que je fais pour en fuir les rigueurs
Doit trouver quelque grâce auprès de mes censeurs[1].
Le temps presse, il fait nuit ; allons, sans crainte aucune,
À la foi d'un amant commettre[2] ma fortune[3].

Scène 2   Sganarelle, Isabelle.

SGANARELLE, *parlant à ceux qui sont dans sa maison.*
Je reviens, et l'on va pour demain de ma part…

ISABELLE
810 Ô ciel !

SGANARELLE
      C'est toi, mignonne ! Où vas-tu donc si tard ?
Tu disais qu'en ta chambre, étant un peu lassée,
Tu t'allais renfermer, lorsque je t'ai laissée ;
Et tu m'avais prié même que mon retour
T'y souffrît en repos jusques à demain jour.

ISABELLE
815 Il est vrai ; mais…

---

1. **Censeurs** : critiques.
2. **Commettre** : confier.
3. **Ma fortune** : ma destinée.

Acte III - Scène 2

SGANARELLE

              Et quoi ?

ISABELLE

                        Vous me voyez confuse,
Et je ne sais comment vous en dire l'excuse[1].

SGANARELLE
Quoi donc ? Que pourrait-ce être ?

ISABELLE

                           Un secret surprenant :
C'est ma sœur qui m'oblige à sortir maintenant,
Et qui, pour un dessein dont je l'ai fort blâmée,
M'a demandé ma chambre, où je l'ai renfermée.

SGANARELLE
Comment ?

ISABELLE

             L'eût-on pu croire ? elle aime cet amant
Que nous avons banni.

SGANARELLE

                   Valère ?

ISABELLE

                          Éperdument.
C'est un transport si grand, qu'il n'en est point de même[2] ;
Et vous pouvez juger de sa puissance extrême,
Puisque seule, à cette heure, elle est venue ici
Me découvrir à moi son amoureux souci,
Me dire absolument qu'elle perdra la vie
Si son âme n'obtient l'effet de son envie ;
Que depuis plus d'un an d'assez vives ardeurs
Dans un secret commerce[3] entretenaient leurs cœurs,
Et que même ils s'étaient, leur flamme étant nouvelle,
Donné de s'épouser une foi mutuelle…

---

1. **Je ne sais comment vous en dire l'excuse** : je ne sais comment vous l'expliquer.
2. **Qu'il n'en est point de même** : qu'il n'en est point de comparable.
3. **Commerce** : relation.

L'École des maris

SGANARELLE
La vilaine !

ISABELLE
Qu'ayant appris le désespoir
Où j'ai précipité celui qu'elle aime à voir,
Elle vient me prier de souffrir que sa flamme
Puisse rompre un départ qui lui percerait l'âme ;
Entretenir ce soir cet amant sous mon nom,
Par la petite rue où ma chambre répond,
Lui peindre, d'une voix qui contrefait la mienne,
Quelques doux sentiments dont l'appas le retienne,
Et ménager[1] enfin pour elle adroitement
Ce que pour moi l'on sait qu'il a d'attachement.

SGANARELLE
Et tu trouves cela…

ISABELLE
Moi ? J'en suis courroucée[2].
Quoi ! ma sœur, ai-je dit, êtes-vous insensée ?
Ne rougissez-vous point d'avoir pris tant d'amour
Pour ces sortes de gens qui changent chaque jour ?
D'oublier votre sexe[3], et tromper l'espérance
D'un homme dont le ciel vous donnait l'alliance ?

SGANARELLE
Il le mérite bien, et j'en suis fort ravi.

ISABELLE
Enfin de cent raisons mon dépit[4] s'est servi
Pour lui bien reprocher des bassesses si grandes,
Et pouvoir cette nuit rejeter ses demandes ;
Mais elle m'a fait voir de si pressants désirs,
A tant versé de pleurs, tant poussé de soupirs,
Tant dit qu'au désespoir je porterais son âme
Si je lui refusais ce qu'exige sa flamme,

---

1. **Ménager** : tirer part.
2. **Courroucée** : très en colère.
3. **D'oublier votre sexe** : d'oublier que vous êtes une femme.
4. **Dépit** : mécontentement.

Acte III - Scène 2

Qu'à céder malgré moi mon cœur s'est vu réduit ;
Et pour justifier cette intrigue de nuit,
Où me faisait du sang relâcher la tendresse[1],
J'allais faire avec moi venir coucher Lucrèce[2],
Dont vous me vantez tant les vertus chaque jour ;
Mais vous m'avez surprise avec ce prompt retour.

SGANARELLE
Non, non, je ne veux point chez moi tout ce mystère.
J'y pourrais consentir à l'égard de mon frère ;
Mais on peut être vu de quelqu'un de dehors ;
Et celle que je dois honorer de mon corps
Non seulement doit être et pudique et bien née[3],
Il ne faut pas que même elle soit soupçonnée.
Allons chasser l'infâme[4], et de sa passion...

ISABELLE
Ah ! vous lui donneriez trop de confusion ;
Et c'est avec raison qu'elle pourrait se plaindre
Du peu de retenue où j'ai su me contraindre.
Puisque de son dessein je dois me départir[5],
Attendez que du moins je la fasse sortir.

SGANARELLE
Eh bien ! fais.

ISABELLE
                Mais surtout cachez-vous, je vous prie,
Et, sans lui dire rien, daignez voir sa sortie.

SGANARELLE
Oui, pour l'amour de toi je retiens mes transports ;
Mais, dès le même instant qu'elle sera dehors,

---

1. **Où me faisait du sang relâcher la tendresse** : au sujet de laquelle le fait que nous soyons sœurs me rendait compréhensive.
2. **J'allais faire avec moi venir coucher Lucrèce** : Lucrèce pourra ainsi attester la prétendue bonne foi d'Isabelle.
3. **Bien née** : vertueuse et chaste.
4. **L'infâme** : celle qui a une conduite déshonorante.
5. **Je dois me départir** : je dois renoncer.

L'École des maris

Je veux, sans différer, aller trouver mon frère :
J'aurai joie à courir lui dire cette affaire.

ISABELLE
Je vous conjure donc de ne me point nommer.
Bonsoir, car tout d'un temps[1], je vais me renfermer.

SGANARELLE, *seul.*
Jusqu'à demain, m'amie... En quelle impatience
Suis-je de voir mon frère, et lui conter sa chance !
Il en tient[2], le bonhomme, avec tout son Phébus[3],
Et je n'en voudrais pas tenir cent bons écus.

ISABELLE, *dans la maison.*
Oui, de vos déplaisirs[4] l'atteinte m'est sensible[5] ;
Mais ce que vous voulez, ma sœur, m'est impossible ;
Mon honneur, qui m'est cher, y court trop de hasard.
Adieu : retirez-vous avant qu'il soit plus tard.

SGANARELLE
La voilà qui, je crois, peste de belle sorte :
De peur qu'elle revînt, fermons à clef la porte.

ISABELLE, *en sortant.*
Ô ciel, dans mes desseins ne m'abandonnez pas !

SGANARELLE
Où pourra-t-elle aller ? Suivons un peu ses pas.

ISABELLE, *à part.*
Dans mon trouble, du moins la nuit me favorise.

SGANARELLE
Au logis du galant, quelle est son entreprise ?

---

1. **Tout d'un temps** : pendant ce temps.
2. **Il en tient** : il est bien eu.
3. **Avec tout son Phébus** : avec ses propos prétentieux.
4. **Déplaisirs** : malheurs.
5. **L'atteinte m'est sensible** : je suis sensible (à vos malheurs).

Acte III - Scène 3

Scène 3 VALÈRE, SGANARELLE, ISABELLE.

VALÈRE, *sortant brusquement.*
Oui, oui, je veux tenter quelque effort[1] cette nuit
Pour parler... Qui va là ?

ISABELLE, *à Valère.*
                              Ne faites point de bruit,
Valère ; on vous prévient[2], et je suis Isabelle.

SGANARELLE, *à part.*
900 Vous en avez menti, chienne ; ce n'est pas elle :
De l'honneur que tu fuis elle suit trop les lois ;
Et tu prends faussement et son nom et sa voix.

ISABELLE, *à Valère.*
Mais à moins de vous voir, par un saint hyménée...

VALÈRE
Oui, c'est l'unique but où tend ma destinée ;
905 Et je vous donne ici ma foi que dès demain
Je vais où vous voudrez recevoir votre main.

SGANARELLE, *à part.*
Pauvre sot qui s'abuse !

VALÈRE
                          Entrez en assurance[3] :
De votre Argus dupé je brave la puissance ;
Et devant[4] qu'il vous pût ôter à mon ardeur,
910 Mon bras de mille coups lui percerait le cœur.

SGANARELLE, *seul.*
Ah ! je te promets bien que je n'ai pas envie
De te l'ôter, l'infâme[5] à ses feux asservie ;
Que du don de ta foi je ne suis point jaloux,
Et que, si j'en suis cru, tu seras son époux.

---

1. **Quelque effort** : quelque machination.
2. **On vous prévient** : on vous devance.
3. **Entrez en assurance** : entrez en toute confiance.
4. **Devant** : avant.
5. **L'infâme** : celle dont l'honneur est perdu.

L'École des maris

915　Oui, faisons-le surprendre avec cette effrontée :
　　La mémoire du père, à bon droit respectée,
　　Jointe au grand intérêt que je prends à la sœur,
　　Veut que du moins l'on tâche à lui rendre l'honneur.
　　Holà !

(Il frappe à la porte d'un commissaire.)

Clefs d'analyse

Acte III, scènes 1 à 3

Action et personnages

1. Que cherche Isabelle au début de l'acte III ? Quelle nouvelle ruse met-elle en place ? Quel trait de son caractère ressort ainsi ?
2. Montrez comment Léonor, pourtant absente de la scène 1, se retrouve à jouer elle aussi un rôle.
3. V. 827 à 832 : que n'hésite pas à faire Isabelle à propos de Valère ? Pourquoi ?
4. V. 880 : pour quelle raison Sganarelle se réjouit-il d'avance de prévenir son frère de la prétendue conduite de sa pupille ? À quel moment de la pièce cette remarque renvoie-t-elle ?
5. Sganarelle considère-t-il toujours Valère comme un rival dans la scène 3 ? Pourquoi ?
6. Quel nom déjà employé au début de la pièce Valère reprend-il pour nommer Sganarelle ? Pour quelle raison ?

Langue

7. Quel type de discours caractérise la scène 1 de l'acte III ?
8. V. 821 et 822 : par quelle figure de style Isabelle désigne-t-elle Valère ? Pour quelle raison ?
9. V. 835 à 842 : réécrivez les paroles de Léonor rapportées par Isabelle au discours direct. Faites la transposition inverse pour les propos d'Isabelle des vers 844 à 848.
10. V. 854 à 855 : quelle est la figure de style employée ? Quelle intensité donne-t-elle au récit ?
11. V. 848 : quel synonyme du mot « mariage » est ici employé ? Qui est désigné par la périphrase « un homme dont le ciel vous donnait l'alliance » ?
12. V. 892 : donnez la fonction grammaticale de « de peur qu'elle revînt », en indiquant le mode et le temps du verbe conjugué.
13. Quels niveaux de langue Sganarelle utilise-t-il dans certaines répliques de la scène 3 ? Qu'est-ce que cela traduit ?

Clefs d'analyse

Acte III, scènes 1 à 3

Genre ou thèmes

14. Caractérisez le ton de la scène 1. Justifiez votre réponse en vous appuyant sur le texte.
15. Commentez les vers 865 à 868 : qui Sganarelle désigne-t-il dans la périphrase « celle que je dois honorer de mon corps » ? À quel événement prochain cela fait-il référence ? Quelles qualités semble-t-il exiger de sa future épouse ?
16. À quel moment de la journée sommes-nous ? En quoi est-ce propice à la mise en scène ourdie par Isabelle ?
17. Comment la scène 2 ravive-t-elle l'opposition des deux frères exposée au début de la pièce ?
18. V. 891 : quel procédé comique est utilisé ici ?
19. Montrez l'ambivalence des propos prononcés par les différents personnages des vers 898 à 910.
20. V. 911 à 918 : quel est le rôle dont Sganarelle s'investit ? En quoi cela contribue-t-il au comique ?

Écriture

21. Imaginez, sur quatre vers en alexandrin, l'irruption de Léonor sur scène à la fin de la scène 3 et son étonnement devant cette situation inattendue. Votre réplique commencera ainsi : « Quoi ! ma sœur de vous j'apprends... »

Pour aller plus loin

22. Montrez comment *L'École des maris* joue sur plusieurs registres littéraires. Recherchez un autre exemple de pièce de Molière combinant plusieurs genres.

✱ À retenir

L'ouverture de l'acte III se fait sur le ton de la tragédie, puis le jeu des doubles et de la comédie reprend ses droits. Au ballet des masques s'ajoute une mise en scène nocturne et romanesque, orchestrée par Isabelle et favorisée par la crédulité de Sganarelle. Malgré un arrière-plan comique, les personnages sont détournés de leur jeu premier et entretiennent le suspense.

Acte III - Scène 4

Scène 4   Sganarelle, le commissaire, le notaire et suite.

Le commissaire
Qu'est-ce ?

Sganarelle
Salut, monsieur le commissaire.
Votre présence en robe est ici nécessaire :
Suivez-moi, s'il vous plaît, avec votre clarté[1].

Le commissaire
Nous sortons...

Sganarelle
Il s'agit d'un fait assez hâté[2].

Le commissaire
Quoi ?

Sganarelle
D'aller là-dedans, et d'y surprendre ensemble
Deux personnes qu'il faut qu'un bon hymen assemble.
C'est une fille à nous, que, sous un don de foi,
Un Valère a séduite et fait entrer chez soi.
Elle sort de famille et noble et vertueuse,
Mais...

Le commissaire
Si c'est pour cela, la rencontre est heureuse,
Puisque ici nous avons un notaire.

Sganarelle
Monsieur ?

Le notaire
Oui, notaire royal[3].

Le commissaire
De plus, homme d'honneur.

---

1. **Clarté** : flambeau.
2. **Hâté** : pressé.
3. Le notaire royal a davantage de prérogatives que le notaire seigneurial.

L'École des maris

SGANARELLE
Cela s'en va sans dire. Entrez dans cette porte,
Et, sans bruit, ayez l'œil que personne n'en sorte :
Vous serez pleinement contenté de vos soins ;
Mais ne vous laissez pas graisser la patte[1], au moins.

LE COMMISSAIRE
Comment ! vous croyez donc qu'un homme de justice…

SGANARELLE
Ce que j'en dis n'est pas pour taxer votre office[2].
Je vais faire venir mon frère promptement :
Faites que le flambeau m'éclaire seulement.

(À part.)

Je vais le réjouir, cet homme sans colère.
Holà !

(Il frappe à la porte d'Ariste.)

Scène 5 ARISTE, SGANARELLE.

ARISTE
    Qui frappe ? Ah ! ah ! que voulez-vous, mon frère ?

SGANARELLE
Venez, beau directeur[3], suranné[4] damoiseau :
On veut vous faire voir quelque chose de beau.

ARISTE
Comment ?

SGANARELLE
    Je vous apporte une bonne nouvelle.

---

1. **Ne vous laissez pas graisser la patte** : ne vous laissez pas corrompre.
2. **Taxer votre office** : blâmer votre fonction.
3. **Directeur** : directeur de conscience.
4. **Suranné** : vieilli, vieillot.

Acte III - Scène 5

ARISTE
Quoi ?

SGANARELLE
Votre Léonor, où, je vous prie, est-elle ?

ARISTE
945 Pourquoi cette demande ? Elle est, comme je crois,
Au bal chez son amie.

SGANARELLE
Eh ! oui, oui ; suivez-moi,
Vous verrez à quel bal la donzelle[1] est allée.

ARISTE
Que voulez-vous conter ?

SGANARELLE
Vous l'avez bien stylée[2] :
« Il n'est pas bon de vivre en sévère censeur ;
950 On gagne les esprits par beaucoup de douceur ;
Et les soins défiants, les verrous et les grilles,
Ne font pas la vertu des femmes ni des filles ;
Nous les portons au mal par tant d'austérité,
Et leur sexe[3] demande un peu de liberté. »
955 Vraiment, elle en a pris tout son soûl, la rusée,
Et la vertu chez elle est fort humanisée.

ARISTE
Où veut donc aboutir un pareil entretien ?

SGANARELLE
Allez, mon frère aîné, cela vous sied fort bien ;
Et je ne voudrais pas pour vingt bonnes pistoles[4]
960 Que vous n'eussiez ce fruit[5] de vos maximes folles.
On voit ce qu'en deux sœurs nos leçons ont produit :
L'une fuit les galants, et l'autre les poursuit.

---

1. **Donzelle** : jeune fille prétentieuse.
2. **Vous l'avez bien stylée** : vous l'avez bien formée.
3. **Leur sexe** : leur condition de femme.
4. **Pistole** : pièce de monnaie.
5. **Ce fruit** : ce résultat.

L'École des maris

ARISTE
Si vous ne me rendez cette énigme plus claire...

SGANARELLE
L'énigme est que son bal est chez monsieur Valère ;
965 Que de nuit je l'ai vue y conduire ses pas,
Et qu'à l'heure présente elle est entre ses bras.

ARISTE
Qui ?

SGANARELLE
    Léonor.

ARISTE
              Cessons de railler[1], je vous prie.

SGANARELLE
Je raille... Il est fort bon avec sa raillerie.
Pauvre esprit ! je vous dis, et vous redis encor
970 Que Valère chez lui tient votre Léonor,
Et qu'ils s'étaient promis une foi mutuelle
Avant qu'il eût songé de poursuivre Isabelle.

ARISTE
Ce discours d'apparence est si fort dépourvu[2]...

SGANARELLE
Il ne le croira pas encore en l'ayant vu :
975 J'enrage ! Par ma foi, l'âge ne sert de guère
Quand on n'a pas cela[3].

(Il met le doigt sur son front.)

ARISTE
               Quoi ! vous voulez, mon frère...

---

1. **Cessons de railler** : ne vous moquez pas.
2. **Ce discours d'apparence est si fort dépourvu** : ce discours est fort peu vraisemblable.
3. **Quand on n'a pas cela** : quand on est dépourvu d'intelligence.

Acte III - Scène 5

SGANARELLE

Mon Dieu, je ne veux rien. Suivez-moi seulement :
Votre esprit tout à l'heure[1] aura contentement,
Vous verrez si j'impose[2], et si leur foi donnée
N'avait pas joint leurs cœurs depuis plus d'une année.

ARISTE

L'apparence[3] qu'ainsi, sans m'en faire avertir,
À cet engagement elle eût pu consentir !
Moi qui dans toute chose ai, depuis son enfance,
Montré toujours pour elle entière complaisance,
Et qui cent fois ai fait des protestations
De ne jamais gêner ses inclinations ?

SGANARELLE

Enfin vos propres yeux jugeront de l'affaire.
J'ai fait venir déjà commissaire et notaire :
Nous avons intérêt que l'hymen prétendu[4]
Répare sur-le-champ l'honneur qu'elle a perdu ;
Car je ne pense pas que vous soyez si lâche,
De vouloir l'épouser avecque cette tache,
Si[5] vous n'avez encor quelques raisonnements
Pour vous mettre au-dessus de tous les bernements[6].

ARISTE

Moi ? je n'aurai jamais cette faiblesse extrême
De vouloir posséder un cœur malgré lui-même...
Mais je ne saurais croire enfin...

SGANARELLE

      Que de discours !
Allons, ce procès[7]-là continuerait toujours.

---

1. **Tout à l'heure** : à l'instant.
2. **Si j'impose** : si je ne dis pas la vérité.
3. **L'apparence** : est-il possible ?
4. **L'hymen prétendu** : l'union à laquelle ils prétendent.
5. **Si** : sauf si.
6. **Bernements** : tromperies.
7. **Procès** : discussion.

L'École des maris

Scène 6 LE COMMISSAIRE, LE NOTAIRE, SGANARELLE, ARISTE.

LE COMMISSAIRE
Il ne faut mettre ici nulle force en usage,
Messieurs ; et si vos vœux ne vont qu'au mariage,
Vos transports en ce lieu se peuvent apaiser,
Tous deux également tendent à s'épouser ;
Et Valère déjà, sur ce qui vous regarde,
A signé que pour femme il tient celle qu'il garde.

ARISTE
La fille ?

LE COMMISSAIRE
      Est renfermée, et ne veut point sortir
Que[1] vos désirs aux leurs ne veuillent consentir.

---

1. **Que** : à moins que.

Acte III - Scène 7

Scène 7 LE COMMISSAIRE, VALÈRE, SGANARELLE, LE NOTAIRE, ARISTE.

VALÈRE, *à la fenêtre de sa maison.*
Non, messieurs ; et personne ici n'aura l'entrée,
Que[1] cette volonté ne m'ait été montrée.
Vous savez qui je suis, et j'ai fait mon devoir
En vous signant l'aveu qu'on peut vous faire voir.
Si c'est votre dessein d'approuver l'alliance,
Votre main peut aussi m'en signer l'assurance ;
Sinon, faites état de m'arracher le jour[2],
Plutôt que de m'ôter l'objet de mon amour.

SGANARELLE
Non, nous ne songeons pas à vous séparer d'elle.
(Bas, à part.)
Il ne s'est point encor détrompé d'Isabelle :
Profitons de l'erreur.

ARISTE, *à Valère.*
                   Mais est-ce Léonor ?

SGANARELLE, *à Ariste.*
Taisez-vous.

ARISTE
          Mais...

SGANARELLE
                Paix donc !

ARISTE
                      Je veux savoir...

SGANARELLE
                            Encor ?
Vous tairez-vous ? vous dis-je.

---

1. **Que** : jusqu'à ce que.
2. **De m'arracher le jour** : de me prendre la vie.

L'École des maris

VALÈRE
                             Enfin, quoi qu'il avienne,
Isabelle a ma foi ; j'ai de même la sienne,
Et ne suis point un choix, à tout examiner,
Que vous soyez reçus à faire condamner.

ARISTE, *à Sganarelle.*
Ce qu'il dit là n'est pas.

SGANARELLE
                             Taisez-vous, et pour cause ;
Vous saurez le secret.

(À Valère.)
                             Oui, sans dire autre chose,
Nous consentons tous deux que vous soyez l'époux
De celle qu'à présent on trouvera chez vous.

LE COMMISSAIRE
C'est dans ces termes-là que la chose est conçue,
Et le nom est en blanc, pour ne l'avoir point vue[1].
Signez. La fille après vous mettra tous d'accord.

VALÈRE
J'y consens de la sorte.

SGANARELLE
                             Et moi, je le veux fort.

(À part.)
Nous rirons bien tantôt. *(Haut.)* Là, signez donc, mon frère ;
L'honneur vous appartient.

ARISTE
                             Mais quoi ! tout ce mystère…

SGANARELLE
Diantre ! que de façons ! Signez, pauvre butor[2].

ARISTE
Il parle d'Isabelle, et vous de Léonor.

---

1. **Pour ne l'avoir point vue** : parce que nous ne l'avons pas vue.
2. **Butor** : lourdaud.

Acte III - Scène 7

SGANARELLE
N'êtes-vous pas d'accord, mon frère, si c'est elle,
De les laisser tous deux à leur foi mutuelle ?

ARISTE
Sans doute[1].

SGANARELLE
        Signez donc ; j'en fais de même aussi.

ARISTE
Soit : je n'y comprends rien.

SGANARELLE
               Vous serez éclairci.

LE COMMISSAIRE
Nous allons revenir.

SGANARELLE, *à Ariste.*
        Or çà, je vais vous dire
La fin de cette intrigue.

---

1. **Sans doute** : sans aucun doute.

Clefs d'analyse

Acte III, scènes 4 à 7

Action et personnages

1. Quels nouveaux personnages font leur apparition à la scène 4 ? En quoi contribuent-ils au comique de la pièce ?
2. À quoi s'attend Sganarelle ? Au vers 934, pourquoi demande-t-il au commissaire de ne point se laisser « graisser la patte » ?
3. Qualifiez le ton par lequel Sganarelle s'adresse à Ariste au cours de la scène 5, en appuyant votre réponse sur le texte.
4. Quelles sont les réactions successives d'Ariste aux sous-entendus de Sganarelle ?
5. Pour quelle raison, au vers 1005, « la fille » ne veut-elle pas sortir ?
6. Scène 7 : de quelle manière le doute sur l'identité de Léonor s'insinue-t-il peu à peu ?
7. Comment Sganarelle répond-il aux questions de son frère ?
8. Montrez comment, dans la seconde partie de la scène 7, Sganarelle se prend à son propre piège.
9. Comment le destin de celle que Sganarelle nomme « la fille » s'apprête-t-il à être scellé ? Citez le verbe qui résume l'acte III. Quel commentaire pouvez-vous faire sur sa validité ?
10. Quel nouveau rôle se donne Sganarelle à la fin de la scène 7 ? Maîtrise-t-il ce qu'il prétend annoncer ?

Langue

11. De qui Sganarelle rapporte-t-il les paroles des vers 950 à 954 ? À quel moment précis de la pièce ont-elles été citées ? Transposez-les au discours indirect, en commençant par « Vous disiez pourtant... ».
12. Quel est le procédé comique des vers 967 et 968 ?
13. V. 998 : cherchez la signification du mot « procès ». Dans quelle acception est-il ici employé ?
14. Quels sont les différents emplois de « que » aux vers 997, 1006 et 1008 ? Quels autres emplois de « que » connaissez-vous ?
15. Scènes 6 et 7 : dans quelles répliques Sganarelle exige-t-il qu'Ariste se taise ? Quels sont les modes et les temps employés ? Quel autre mode permet aussi l'expression de l'ordre ?

Clefs d'analyse

Acte III, scènes 4 à 7

Genre ou thèmes

16. Quel aspect de la personnalité de Sganarelle ressort au début de la scène 5 ?
17. Quelles sont, à la scène 5, les paroles de Sganarelle qui résument l'éducation respective des deux frères ? Montrez comment Sganarelle généralise le comportement de chacune des sœurs.
18. Sur quoi s'apprête à reposer l'union de Valère et Léonor voulue par Sganarelle ?
19. Quelle est la raison, énoncée par chacun des frères, qui empêcherait Ariste d'épouser Léonor à la scène 6 ? En quoi ces motifs illustrent-ils une conception du mariage opposée ?
20. Sur quel type de comique repose l'ensemble des scènes 5 à 7 ?

Écriture

21. Imaginez et mettez en scène une saynète sur fond d'intrigue amoureuse dont le comique reposera sur un quiproquo.

Pour aller plus loin

22. Quelle profession, souvent raillée chez Molière, nécessite le port d'une robe ? Citez au moins deux exemples de comédie.
23. Recherchez les expressions qui, dans la langue française, résument la situation d'un être pris à son propre piège.

✱ À retenir

Sganarelle tient à annoncer le dénouement d'une intrigue qu'il ne maîtrise plus. Il rêvait du déshonneur de Léonor et de l'humiliation de son frère, mais il devient l'artisan de son malheur, puisqu'il précipite l'union de son rival et de sa pupille. Ce comique farcesque, autour d'un quiproquo sans visage et d'une mise en scène romanesque, donne à l'acte III un tour inattendu.

L'École des maris

Scène 8 Léonor, Lisette, Sganarelle, Ariste.

Léonor
                Ô l'étrange martyre !
Que tous ces jeunes fous me paraissent fâcheux[1] !
Je me suis dérobée au bal pour l'amour d'eux[2].

Lisette
Chacun d'eux près de vous veut se rendre agréable.

Léonor
Et moi, je n'ai rien vu de plus insupportable,
Et je préférerais le plus simple entretien
À tous les contes bleus[3] de ces diseurs de rien.
Ils croyent que tout cède à leur perruque blonde,
Et pensent avoir dit le meilleur mot du monde,
Lorsqu'ils viennent, d'un ton de mauvais goguenard,
Vous railler sottement sur l'amour d'un vieillard ;
Et moi, d'un tel vieillard je prise plus le zèle
Que tous les beaux transports d'une jeune cervelle.
Mais n'aperçois-je pas…

Sganarelle, *à Ariste.*
                Oui, l'affaire est ainsi.

(Apercevant Léonor.)

Ah ! je la vois paraître, et la suivante aussi.

Ariste
Léonor, sans courroux, j'ai sujet de me plaindre.
Vous savez si jamais j'ai voulu vous contraindre,
Et si plus de cent fois je n'ai pas protesté
De laisser à vos vœux leur pleine liberté :
Cependant votre cœur, méprisant mon suffrage,
De foi comme d'amour à mon insu s'engage.
Je ne me repens pas de mon doux traitement ;

---

1. **Fâcheux** : importuns.
2. **Pour l'amour d'eux** : à cause d'eux.
3. Allusion aux récits populaires de la Bibliothèque bleue diffusés par des colporteurs.

Acte III - Scène 8

Mais votre procédé me touche assurément ;
Et c'est une action que n'a pas méritée
Cette tendre amitié que je vous ai portée.

Léonor

1065 Je ne sais pas sur quoi vous tenez ce discours ;
Mais croyez que je suis la même que toujours,
Que rien ne peut pour vous altérer mon estime,
Que toute autre amitié me paraîtrait un crime,
Et que si vous voulez satisfaire mes vœux,
1070 Un saint nœud dès demain nous unira tous deux.

Ariste

Dessus quel fondement venez-vous donc, mon frère...

Sganarelle

Quoi ? vous ne sortez pas du logis de Valère ?
Vous n'avez point conté vos amours aujourd'hui ?
Et vous ne brûlez pas depuis un an pour lui ?

Léonor

1075 Qui vous a fait de moi de si belles peintures
Et prend soin de forger de telles impostures ?

L'École des maris

Scène 9
ISABELLE, VALÈRE, LE COMMISSAIRE, LE NOTAIRE, LISETTE, ERGASTE, LÉONOR, SGANARELLE, ARISTE.

ISABELLE
Ma sœur, je vous demande un généreux pardon,
Si de mes libertés, j'ai taché votre nom.
Le pressant embarras[1] d'une surprise extrême
M'a tantôt inspiré ce honteux stratagème :
Votre exemple condamne un tel emportement ;
Mais le sort nous traita nous deux diversement.

(À Sganarelle.)

Pour vous, je ne veux point, monsieur, vous faire excuse :
Je vous sers beaucoup plus que je ne vous abuse.
Le ciel pour être joints ne nous fit pas tous deux :
Je me suis reconnue indigne de vos feux ;
Et j'ai bien mieux aimé me voir aux mains d'un autre,
Que ne pas mériter un cœur comme le vôtre.

VALÈRE
Pour moi, je mets ma gloire et mon bien souverain
À la pouvoir, monsieur, tenir de votre main.

ARISTE
Mon frère, doucement il faut boire la chose[2] :
D'une telle action vos procédés sont cause ;
Et je vois votre sort malheureux à ce point,
Que, vous sachant dupé, l'on ne vous plaindra point.

LISETTE
Par ma foi, je lui sais bon gré de cette affaire,
Et ce prix de ses soins est un trait exemplaire[3].

---

1. **Le pressant embarras** : l'urgence de la situation.
2. **Il faut boire la chose** : il faut accepter la situation.
3. **Et ce prix de ses soins est un trait exemplaire** : et la façon dont sa conduite a été récompensée vaut pour exemple.

Acte III - Scène 9

LÉONOR
Je ne sais si ce trait se doit faire estimer ;
Mais je sais bien qu'au moins je ne le puis blâmer.
ERGASTE
Au sort d'être cocu son ascendant[1] l'expose,
Et ne l'être qu'en herbe est pour lui douce chose.
SGANARELLE
Non, je ne puis sortir de mon étonnement[2] ;
Cette ruse d'enfer confond mon jugement ;
Et je ne pense pas que Satan en personne
Puisse être si méchant qu'une telle friponne.
J'aurais pour elle au feu mis la main que voilà.
Malheureux qui se fie à femme après cela !
La meilleure est toujours en malice féconde ;
C'est un sexe engendré pour damner tout le monde.
Je renonce à jamais à ce sexe trompeur,
Et je le donne tout au diable de bon cœur.
ERGASTE
Bon.
ARISTE
   Allons tous chez moi. Venez, seigneur Valère.
Nous tâcherons demain d'apaiser sa colère.
LISETTE, *au parterre.*
Vous, si vous connaissez des maris loups-garous,
Envoyez-les au moins à l'école chez nous.

---

1. **Ascendant** : signe astral.
2. **Étonnement** : stupéfaction.

Clefs d'analyse
Acte III, scènes 8 et 9

Action et personnages

1. Où était Léonor ? Est-on toujours dans la mise en scène ? Quel indice le prouve ?
2. Comment Léonor qualifie-t-elle les jeunes gens qu'elle vient de voir ? Qui leur préfère-t-elle ? Qu'est-ce que cela prouve sur sa personnalité ?
3. V. 1055 à 1064 : que reproche Ariste à Léonor ? Quel ton emploie-t-il ?
4. V. 1065 à 1070 : analysez la réplique de Léonor. Quel est le ton employé ? Que renouvelle-t-elle auprès d'Ariste ?
5. De quelle manière Sganarelle s'adresse-t-il à Léonor ?
6. Scène 9 : à quoi se résume le rôle du commissaire et du notaire ?
7. Comment Isabelle se défend-elle de la situation mensongère dans laquelle elle a entraîné à la fois Sganarelle et Léonor ?
8. Qui est le grand perdant de la pièce ? Quelle décision prend-il à son issue ?
9. À qui s'adresse Lisette dans la dernière réplique de la scène 9 ? Qui est ici désigné par l'expression « maris loups-garous » ? Quel personnage avait déjà employé le mot « loup-garou » ? Qu'évoque l'image ?

Langue

10. V. 1047 : relevez la forme du verbe « croire ». Quelle forme exigerait le français moderne ?
11. V. 1050 et 1051 : quel est le terme employé pour désigner Ariste ? Quel est l'effet produit ?
12. V. 1062 : en vous aidant du contexte, donnez le sens du verbe « toucher ». Quels autres emplois de ce verbe connaissez-vous ?
13. V. 1070 : indiquez le sens et précisez la figure de style employée. Que traduit-elle chez Léonor ?
14. V. 1091 : expliquez l'expression « il faut boire la chose ».
15. Par quels indices de langue perçoit-on la différence sociale entre les différents personnages et Lisette ? Et Ergaste ?

Clefs d'analyse

Acte III, scènes 8 et 9

Genre ou thèmes

16. Scène 8 : comment les liens unissant Léonor à Ariste sont-ils perçus en société ? Pour quelle raison ?
17. Qui sont les « fâcheux » dont parle Léonor ? S'agit-il du même type que ceux représentés par Sganarelle dans la pièce ?
18. V. 1101 à 1110 : quelle nouvelle dimension Sganarelle donne-t-il à Isabelle et aux femmes en général ? Quelle leçon Sganarelle tire-t-il de cette intrigue ?
19. Comment Ariste, Ergaste et Lisette donnent-ils à la pièce sa morale ?

Écriture

20. Imaginez cinq ou six titres et sous-titres de comédie sur ce modèle : *L'École des maris... où l'on apprend à devenir époux*.
21. En prenant exemple sur Ergaste, imaginez à votre tour un horoscope amoureux pour l'ensemble des signes astraux.

Pour aller plus loin

22. Quelle est l'autre pièce de Molière dont le titre commence comme *L'École des...* ? Quand a-t-elle été jouée ? Quel en est le sujet ? Rapprochez-la de la pièce que vous venez d'étudier.
23. Quel est le terme désignant quelqu'un qui déteste les femmes ? Précisez-en l'étymologie.
24. Faites un exposé sur le loup-garou et ses interprétations à travers la littérature.

✳ À retenir

L'École des maris, c'est, comme le suggère Lisette, la scène du théâtre. La pièce se présente comme une école de la vie, où la ruse, le comique et la confrontation des caractères sont les maîtres les plus efficaces. Molière y fait triompher autant la constance que l'effronterie, pourvu qu'elles soient au service de la fidélité.

L'auteur

Entourez la ou les bonne(s) réponse(s).

1. **Le vrai nom de Molière est :**
   a. Jean-Baptiste Poquelin
   b. Jean-Baptiste de Molière
   c. Jean-Baptiste Racine

2. **Molière est né :**
   a. à Versailles, en 1612
   b. à Paris, en 1622
   c. à Fontainebleau, en 1632

3. **Son grand-père et son père sont :**
   a. maîtres pâtissiers du roi
   b. maîtres tapissiers du roi
   c. horlogers à la Cour

4. **Sa troupe s'appelle :**
   a. l'Illustre-Théâtre
   b. la Comédie-Française
   c. la Comédie-Ballet

5. **Sa femme se nomme :**
   a. Madeleine Béjart
   b. Armande Béjart
   c. Isabelle Béjart

6. **Molière meurt :**
   a. à la suite d'un malaise lors d'une représentation du *Malade imaginaire*
   b. en allant présenter au roi sa nouvelle pièce
   c. après avoir enterré Madeleine Béjart

7. **Molière est contemporain de :**
   a. La Fontaine
   b. Beaumarchais
   c. Corneille
   d. Racine
   e. Marivaux

Avez-vous bien lu ?

Le genre

Entourez la ou les bonne(s) réponse(s).

1. *L'École des maris* est une :
   a. comédie
   b. tragédie
   c. comédie-ballet

2. Elle est composée :
   a. en prose
   b. en vers
   c. en cinq actes
   d. en trois actes
   e. avec des intermèdes musicaux

3. Elle a été représentée pour la première fois :
   a. au théâtre du Palais-Royal, le 24 juin 1661
   b. à Vaux-le-Vicomte, le 26 décembre 1662
   c. à Versailles, le 12 août 1651

4. Elle s'inscrit dans la tradition de :
   a. la farce
   b. la commedia dell'arte
   c. le théâtre de l'Antiquité

5. Elle s'inspire notamment de :
   a. *L'École des femmes*
   b. *Les Adelphes*, de Térence
   c. *Le mari fait la femme*, de l'Espagnol Mendoza

6. Un an et demi après, Molière écrit :
   a. *L'École des pères*
   b. *L'École des cocus*
   c. *L'École du monde*
   d. *La Critique de « L'École des maris »*
   e. *L'École des femmes*

Les personnages

1. Retrouvez les fonctions de chacun en complétant le tableau suivant.

	Sganarelle	Ariste	Valère	Isabelle	Léonor	Ergaste	Lisette
Amant de...							
Amante de...							
Tuteur de...							
Pupille de...							
Maître de...							
Frère de...							
Sœur de...							
Valet de...							
Suivante de...							

2. Portraits à compléter.

a. Je n'aime ni la mode, ni la vie en société, ni tous ces galants qui passent leur temps en futilités. J'élève ma pupille dans la plus stricte austérité. Pour moi, tenir sa femme sous bonne garde est la condition indispensable à la fidélité.
Je suis :

....

b. J'ai beau être une fille, je n'en suis pas moins sotte et, pour ce qui est de l'amour, j'ai des idées bien précises. Mon tuteur aimerait m'épouser mais, pour échapper à ce mariage, je suis prête à ourdir les ruses les plus audacieuses.
Mon prénom :

....

c. Quelle chance d'avoir un tuteur semblable ! Je préfère cent fois sa compagnie à celle de ces fâcheux, pourtant bien plus jeunes. D'ailleurs, je souhaite l'épouser, tant m'est douce sa compagnie !
Je m'appelle :

....

Avez-vous bien lu ?

d. Je suis plus vieux que mon frère mais cela ne m'empêche nullement d'être moderne et, selon ma propre expression, d'« instruire la jeunesse en riant ». Si elle a plaisir dans les choses du monde, elle ne m'en aimera que davantage ! Qui suis-je ?

....

e. Je sers d'intermédiaire aux uns et aux autres, de confident aussi ; parfois, je dirais même souvent, de conseiller en amour ! C'est que je n'hésite pas à dire les choses franchement !
Je me nomme :

....

L'action

1. Reconstituez le résumé de la pièce en mettant dans l'ordre les passages suivants.

N° ....   Valère s'entretient avec Ergaste au sujet de Sganarelle.
Acte ....   Il voudrait savoir si Isabelle sait qu'il l'aime.

N° ....   Sganarelle signifie à Valère qu'il doit abandonner tout
Acte ....   espoir d'être aimé d'Isabelle.

N° ....   Sganarelle décide d'anticiper son mariage avec Isabelle.
Acte ....

N° ....   Dupé, Sganarelle décide de renoncer à toute relation
Acte ....   féminine, vouant désormais ce sexe à Satan.

N° ....   Isabelle se fait passer pour sa sœur afin de se faire
Acte ....   surprendre avec Valère par Sganarelle et précipiter son
            mariage.

N° ....   Deux frères, Sganarelle et Ariste, s'entretiennent
Acte ....   vivement au sujet de la mode.

N° ....   Valère tente d'entrer en conversation avec Sganarelle.
Acte ....   Accueil glacial.

N° ...   Isabelle parvient à entrer en contact avec son amant en
Acte ....   mettant Sganarelle dans une position d'entremetteur
malgré lui.

2. Vrai ou faux ?

a. Sganarelle souhaite qu'Isabelle épouse Valère.
   ☐ vrai
   ☐ faux
b. Ariste est le père de Léonor.
   ☐ vrai
   ☐ faux
c. Le père des deux jeunes filles a chargé Sganarelle et Ariste de leur éducation.
   ☐ vrai
   ☐ faux
d. Ariste a vingt ans de moins que Sganarelle.
   ☐ vrai
   ☐ faux
e. Sganarelle est malgré lui le messager d'Isabelle et Valère.
   ☐ vrai
   ☐ faux
f. Léonor envoie une lettre à Valère lui signifiant son amour.
   ☐ vrai
   ☐ faux
g. Sganarelle renonce à toute relation féminine dans la dernière scène.
   ☐ vrai
   ☐ faux
h. Le commissaire et le notaire sont mandatés par Sganarelle pour surprendre Isabelle et Valère.
   ☐ vrai
   ☐ faux

Les thèmes

1. **La mode**
   Chassez les intrus dans les mots ci-dessous.
   collet – cotillon – soulier – volant – perruque – muguet – donzelle – dameret – fraise – haut-de-chausses – canon.

2. **L'éducation**
   Reconstituez, à l'aide des mots ci-dessous, cette tirade d'Ariste portant sur l'éducation de sa pupille.
   maximes – aucun livre – instruire – divertissements – libertés – désirs – repenti – vertu – soins – souffert – l'école – ses défauts.

   « Soit ; mais je tiens sans cesse
   Qu'il nous faut en riant .... la jeunesse,
   Reprendre .... avec grande douceur,
   Et du nom de .... ne lui point faire peur.
   Mes .... pour Léonor ont suivi ces .... :
   Des moindres .... je n'ai point fait des crimes.
   À ses jeunes .... j'ai toujours consenti,
   Et je ne m'en suis point, grâce au ciel, ...
   J'ai .... qu'elle ait vu les belles compagnies,
   Les ...., les bals, les comédies ; [...]
   Et .... du monde, en l'air dont il faut vivre,
   Instruit mieux, à mon gré, que ne fait .... »

3. **Le mariage**
   Les vers de la tirade ci-dessous ont été mélangés.
   Reconstituez-en la version originale et précisez-en ensuite leur auteur.
   « Qu'aux discours des muguets elle ferme l'oreille, / Ou bien à tricoter quelques bas par plaisir ; / J'en suis fort satisfait. Mais j'entends que la mienne / À recoudre mon linge aux heures de loisir, / Et ne porte le noir qu'aux bons jours seulement, / Elle s'applique toute aux choses du ménage, / Et ne sorte jamais sans avoir qui la veille. / Qu'enfermée au logis, en personne bien sage, / Que d'une serge honnête elle ait son vêtement, / Vive à ma fantaisie, et non pas à la sienne. »

Avez-vous bien lu ?

La langue

1. Reliez chacun des noms propres à son étymologie.

a. Sganarelle ☐ ☐ Du grec *aristos*, signifiant « excellent ».

b. Argus ☐ ☐ Du verbe italien *sgannare*, signifiant « dessiller, détromper ».

c. Ergaste ☐ ☐ Du nom du prince aux cent yeux chargé par Héra de garder Io.

d. Ariste ☐ ☐ Du grec *ergon*, signifiant « tâche, action, travail ».

2. Reliez chaque exemple à la situation ou à l'expression qui correspond.

a. Oui, oui : j'ai su que ce traître d'amant
Parle de m'obtenir par un enlèvement
[...]
☐ Comique de répétition

b. Vous en avez menti, chienne ; ce n'est pas elle :
De l'honneur que tu fuis elle suit trop les lois ;
Et tu prends faussement et son nom et sa voix.
☐ Ironie

c. – Oui, des fous comme vous, / Mon frère.
– Grand merci : le compliment est doux.
☐ Comique de situation

d. Quoi ! mon âme à vos yeux ne se montre pas toute,
Et de mes vœux encor vous pouvez être en doute ?
☐ Mensonge

e. – Cessons de railler, je vous prie.
– Je raille... Il est fort bon avec sa raillerie.
☐ Double énonciation

f. Vous, si vous connaissez des maris loups-garous,
Envoyez-les au moins à l'école chez nous.
☐ Morale

3. Quels sont les qualificatifs attribués par Sganarelle au genre féminin ? Classez-les en deux colonnes : l'une pour les mots doux, l'autre pour les insultes.

catin – mégère – pouponne – la donzelle – mon cœur – ma fanfan – ma petite femme – rouée – friponne – chienne – peste de belle sorte – la belle – petit bouchon – ma fine fleur – oreille sucrée – saleté – mignonnette – vilaine – mamie – infâme.

3. **Mots croisés galants :**

   Verticalement
   I. Coquet, élégant, fin. Cornu.
   III. Sganarelle en est un ; c'est aussi le titre d'une comédie de Molière. Charmes.
   V. Embrasse.
   VII. En amour, on l'est parfois.
   IX. Celui qui aime.
   XI. Mariage.
   XII. Marier.
   XIII. Jeune fille prétentieuse.

   Horizontalement
   1. Adverbe d'intensité.
   8. Bête.
   10. Rôti quand il se mange, il se dévore aussi quand il s'agit d'amour.
   13. Nom de cajolerie donné aux jeunes filles ; se met aussi sur la bouteille.
   15. Qualité. Ils brûlent aussi le cœur.

Avez-vous bien lu ?

4. Citations :

Pour chacune de ces phrases tirées de *L'École des maris*, indiquez son auteur et, éventuellement, la ou les personnes qui y sont visées.

1. « Ergaste, le voilà cet Argus que j'abhorre,
Le sévère tuteur de celle que j'adore. »

....

2. « Il a le repart brusque, et l'accueil loup-garou. »

....

3. « Vous, si vous connaissez des maris loups-garous,
Envoyez-les au moins à l'école chez nous. »

....

4. « La jeunesse est sotte, et parfois la vieillesse. »

....

5. « Adieu. Changez d'humeur, et soyez averti
Que renfermer sa femme est le mauvais parti. »

....

6. « Quoi ! mon âme à vos yeux ne se montre pas toute,
Et de mes vœux encor vous pouvez être en doute ? »

....

7. « Que tous ces jeunes fous me paraissent fâcheux ! »

....

8. « Au sort d'être cocu son ascendant l'expose,
Et ne l'être qu'en herbe est pour lui douce chose. »

....

9. « Je sais qu'il est honteux
Aux filles d'expliquer si librement leurs vœux. »

....

10. « Sommes-nous chez les Turcs, pour renfermer les femmes ? »

....

Avez-vous bien lu ?

POUR APPROFONDIR

Thèmes et prolongements

❖ La construction d'une comédie originale

> *L'École des maris* n'est pas une comédie comme les autres. Bâtie en trois actes fondés chacun sur des influences différentes, elle doit précisément sa spécificité et sa cohérence à la conjonction de ces diverses sources d'inspiration.

Acte I : un théâtre à thèse

Le premier acte de la pièce est dominé par le débat d'idées sur l'éducation qui oppose les personnages d'Ariste et de Sganarelle. De composition parallèle, il met tout d'abord en œuvre un discours où chacun exerce sa propre rhétorique (scènes 1 et 2). Celle de Sganarelle, nourrie par l'ironie, ne parvient néanmoins pas à déstabiliser Ariste, adepte de maximes inspirées par la nécessité qu'il voit d'accommoder à son époque. L'exposition de ces conceptions pose ensuite, comme un défi, la question qui trouve réponse à la fin du troisième acte : laquelle des deux écoles s'avère le plus efficace en matière éducative, celle du barbon rétrograde (Sganarelle) ou celle du raisonneur éclairé (Ariste) ?

Acte II : trame farcesque et veine italienne

L'École des maris, particulièrement l'acte II, s'inscrit conceptuellement dans le genre de la farce. Fondée sur des jeux de scène et des situations comiques, la pièce prend ici un tour original. Doublée en effet de l'influence italienne, elle s'enrichit de certaines caractéristiques de la commedia dell'arte. L'emprunt du personnage de Sganarelle, entremetteur malgré lui, arroseur arrosé, fâcheux méprisé, se retrouve au cœur de ficelles comiques maintes fois exploitées dans le théâtre italien et dont la répétition, ici, n'en accroît que davantage le comique.

Le deuxième acte organise ainsi son comique graduellement, autour d'un Sganarelle à la fois farcesque et italien. À la scène 2 de cet acte, frappant lui-même à la porte et demandant « qui va là »,

Thèmes et prolongements

c'est lui qui se ridiculise par un comique de situation certes éprouvé, mais toujours efficace. Le paroxysme de ce comique est atteint lorsque Sganarelle devient entremetteur. En effet, à la scène 4, c'est Isabelle qui le charge en personne d'aller porter à Valère la boîte contenant la lettre dans laquelle elle lui déclare sa flamme. À la scène 6, Sganarelle, en retour, se fait le porte-parole des sentiments de Valère auprès d'Isabelle. Enfin, à la scène suivante, Isabelle répond et suggère, toujours grâce à Sganarelle, un enlèvement. Ce va-et-vient s'opère jusqu'à la scène 9, qui permet aux amants de se parler de visu, à peine à mots couverts, en maîtres du double langage. Ce procédé s'étend d'ailleurs jusqu'au dernier acte, lorsque Sganarelle, qui s'autoproclame « pauvre sot qui s'abuse » (III, 3), reste enfermé dehors, ridiculisé par Isabelle dont il était entendu qu'elle reste cloîtrée, en jeune fille sage. L'influence italienne, que Sganarelle porte jusque dans son nom, s'élargit aux personnages de Valère et d'Isabelle. Cette dernière, qui ne cesse de jouer un double rôle auprès de Sganarelle, glissant avec aisance d'un rôle à l'autre, emprunte son habilité au théâtre italien, virtuose dans le jeu des masques.

Acte III : une intrigue au service des idées

L'acte III se place quant à lui sous le signe d'une intrigue rocambolesque : Isabelle se fait passer pour sa sœur et invente que cette dernière se fait compromettre par son amant, afin d'être surprise en situation de déshonneur et d'être finalement contrainte à épouser... celui qu'elle aime !

Si l'issue se laisse deviner sans peine, le troisième acte, en mettant fin à l'intrigue, renvoie également au débat d'idées exposé au premier acte entre Sganarelle et Ariste. La question de départ – celle de savoir, entre deux modes d'éducation, lequel garantit une épouse sage et fidèle – trouve enfin sa réponse, dans la défaite de Sganarelle.

Thèmes et prolongements

❖ Le personnage de Sganarelle

> On rencontre fréquemment Sganarelle dans le théâtre de Molière[1] où, fidèle à l'étymologie de son nom[2], il occupe toujours une place de choix. Dans *L'École des maris*, c'est un personnage dominé à la fois par le rire et l'austérité.

Un personnage de comédie

Sganarelle, en héritier de la commedia dell'arte[3], est une figure qui se fait d'abord remarquer par le costume. À contretemps par rapport à la mode de son époque, il s'attire les railleries de son frère, qui qualifie son allure de « barbare » (I, 1), et celles de Lisette, qui ironise sur le port de la fraise (I, 2), en vogue sous Henri IV… Plus encore, son côté sauvage est exacerbé par ceux qui le côtoient sur scène : assimilé tantôt à un dragon par Valère (II, 5), tantôt au loup-garou, figure emblématique de l'imaginaire populaire, par Ergaste (II, 4) ou Lisette (III, 10), il attire d'emblée le regard. En un mot, il est remarquable.

Mais Sganarelle n'est pas seulement une allure. Son personnage a l'art des situations comiques. Ainsi, lorsqu'au début de l'acte II il frappe à la porte et demande « qui va là ? », qu'il pense embrasser Isabelle alors que cette dernière tend sa main à Valère (II, 9) ou, mieux, contracte lui-même l'union d'Isabelle et de Valère (III, 7), Sganarelle est un spectacle à lui seul. Il joue aussi avec adresse du comique verbal : au niveau de langue de son rang social se mêlent aussi des expressions familières (II, 9) ou des jurons surprenants (III, 3).

Sganarelle, cependant, n'est ni un pantin ni un bouffon. Il calcule, attaque et touche avec ironie et à propos, comme l'illustrent les répliques adressées à Valère ou Ariste, que ce soit sur la vieillesse ou l'hypothétique cocuage de ce dernier. Il échappe ainsi au stéréotype.

Intrinsèquement comique, Sganarelle est aussi sujet à une moquerie renouvelée au fil de la pièce, que ce soit de la part d'Isabelle, qui

---

1. Notamment dans *Sganarelle ou Le Cocu imaginaire* (1660), *Dom Juan ou Le Festin de pierre* (1665), *Le Médecin malgré lui* (1666).
2. *Sgannare*, en italien, signifie « dessiller », c'est-à-dire amener à voir ce que l'on ignore.
3. Sganarelle se reconnaît à son costume, composé notamment d'une fraise et d'un pourpoint.

Thèmes et prolongements

en fait un entremetteur malgré lui, ou de la sienne à son propre insu (III, 3). Ergaste l'appelle d'ailleurs « la dupe » (II, 5). C'est donc ce personnage dont on rit et qui manie lui-même les ficelles du rire qui, précisément, fait avancer l'action : n'est-il pas celui qui, à la scène 7 de l'acte III, annonce « la fin de [l']intrigue » ?

Un « fâcheux »

À la complexité du comique s'ajoute, chez le tuteur d'Isabelle, le caractère nuancé et difficile d'un type qui existe déjà dans la commedia dell'arte et chez Molière : le fâcheux[1].

De fâcheux, Sganarelle remplit tous les critères. Éminemment tourné vers le passé, que ce soit dans son allure vestimentaire, ses expressions ou ses préceptes éducatifs, il ne supporte pas tout ce qui peut se rapporter à son époque, par principe, même si lui-même n'a guère d'arguments pour justifier ses positions (I, 2). La ville et sa vaine agitation lui sont également hostiles (I, 10).

En outre, la façon dont il entend gouverner une épouse entièrement dévouée à son mari (I, 2) est jugée caricaturale par tous, sauf par lui, persuadé que l'enfermement est le meilleur rempart à l'infidélité. Celui qui « ne veut point de cornes » (I, 2) porte en effet en lui l'obsession du cocuage et d'autres thèmes conservateurs qu'il égrène à ses heures perdues (I, 3).

Ce fâcheux, néanmoins, est rattrapé par les contradictions dont Molière le dote. Rétrograde, Sganarelle, mais épris d'Isabelle au point de s'essayer à des mots doux parfois loufoques chez un homme aussi austère (II, 7). Attaché à des valeurs d'éducation, certes, mais incapable de courtoisie, que ce soit avec son frère ou son rival, Valère (I, 3). La façon dont il s'adresse aux femmes ou parle d'elles (III, 9) contredit ainsi ses principes et trahit la vraie nature du personnage.

Avec cet être complexe, tour à tour comique ou barbon, autour duquel se cristallise l'action, Molière donne au personnage de Sganarelle un visage original, dont les traits annoncent le personnage d'Arnolphe, dans *L'École des femmes*[2], ou encore l'Alceste du *Misanthrope*[3].

---

1. C'est en 1661 que Molière écrit *Les Fâcheux*, première comédie-ballet, peu après *L'École des maris*.
2. *L'École des femmes*, 1662.
3. *Le Misanthrope ou L'Atrabilaire amoureux*, 1666.

Thèmes et prolongements

❖ Les autres personnages

> Autour de Sganarelle gravitent Ariste, Isabelle, Valère et Léonor. Entre eux s'établissent des parallèles et des contrastes dégageant des caractères dénués de tout stéréotype. Les rôles d'Ergaste et de Lisette, qui ponctuent la pièce de bon sens (I, 2 ; II, 4 ; III, 9), participent en outre à l'affranchissement général de *L'École des maris*.

Ariste ou l'équilibre

De vingt ans l'aîné de Sganarelle, Ariste est en tout point opposé à son frère. Tandis que Sganarelle part du principe de méfiance, Ariste accorde au contraire une confiance absolue à sa pupille (I, 2), pactisant avec son époque et la mode de son temps. Loin d'être naïves, ses positions, qu'elles soient matérielles (I, 1) ou théoriques, sont mûrement réfléchies (I, 2). Sans avoir les mêmes obsessions que son frère, Ariste a en effet compris, lui, que le principe de liberté est la condition de la fidélité (I, 2). Les sentiments que lui renvoie Léonor (I, 2 ; III, 8) et le dénouement de la pièce en sont la démonstration.

C'est donc en raisonnant qu'Ariste tient tête à son frère. Lui aussi aime à jouer au maître (I, 1 et 2 ; III, 8). Ses « maximes » poussent en effet Sganarelle dans ses propres limites. Ce dernier, qui trouve déplacés sa tenue et ses préceptes (I, 1), est à court d'arguments pour débouter son frère dont il parvient seulement à « balancer [l'] âge au nez » (I, 1). Et, lorsqu'Ariste l'engage à expliquer la raison pour laquelle la liberté est permissive, son frère ne réussit pas à le faire (I, 2).

L'honnêteté d'Ariste complète ce portrait d'équilibre. Quand il envisage un instant crédible le fait que Léonor lui préfère Valère, il est prêt à se résigner (III, 5), alors que Sganarelle, quant à lui, voit dans la femme infidèle une réplique de Satan (III, 8).

Isabelle ou la ruse

Pupille de Sganarelle qu'elle n'aime guère, Isabelle est le contre-exemple de l'éducation de son tuteur. Avec elle, ruses et men-

Thèmes et prolongements

songes inscrivent *L'École des maris* sous le signe d'une liberté triomphante.

Les interdits en nombre (I, 2) de Sganarelle s'avèrent être des outils efficaces à l'affranchissement d'Isabelle. Ainsi, elle n'hésite pas à déployer des trésors d'imagination pour entrer en contact avec celui qu'elle aime et braver les codes de la bienséance. Pour ce faire, elle utilise sans états d'âme la réputation des gens qu'elle aime. La ruse de la lettre (I, 4 et 5) en est une illustration probante, puisqu'Isabelle arrive à la faire parvenir à Valère en prétextant la lui retourner et en jugeant « infâme », devant son tuteur, un procédé qu'elle impute à son amant. C'est aussi avec légèreté qu'elle salit l'honneur de Léonor (III, 2) devant l'urgence de trouver un subterfuge pour échapper au mariage anticipé par Sganarelle.

Car les ruses d'Isabelle sont ourdies dans la précipitation. Dans sa lettre (II, 5), elle explique déjà l'imminence d'un mariage contracté entre elle et son tuteur et l'urgence, pour Valère, de l'empêcher. À peine met-elle les formes pour justifier le fait qu'elle passe sur les « formalités où la bienséance du sexe oblige » (II, 5).

Isabelle va vite, et fait de cette rapidité le moteur des actes II et III. Elle instrumentalise sans tergiverser Sganarelle, qui tantôt devient entremetteur (II, 7 et 8 ; III), tantôt se trouve dupé par le double langage qu'elle manie si bien (II, 9 ; III, 2). Mais le barbon n'est pas le seul jouet d'Isabelle. Valère, son amant, obéit quant à lui et se laisse aussi mener par les directives de la belle (II, 5 ; III, 3).

Léonor et Valère

Amants respectifs d'Ariste et Isabelle, ces deux personnages n'ont ni la verve sentencieuse du premier, ni l'audace de la seconde. Léonor, qui aime et est aimée d'Ariste, a juste l'occasion de prouver le bien-fondé de son tuteur en matière d'éducation et de fidélité (III, 8). Quant à Valère, associé à la mode et au siècle, il se laisse volontiers devancer par celle qu'il aime. Ce contraste ainsi suggéré entre les deux amants fait ressortir le caractère d'Isabelle et la place accordée aux femmes chez Molière.

Thèmes et prolongements

❖ La mode et les plaisirs

> Pourpoints, chapeaux, cotillons… La mode fait ici l'objet d'une documentation très précise. Ce phénomène est également représentatif des plaisirs d'une époque et montre que la pièce est bien ancrée dans le siècle. Sous ce symbole, en outre, se lit la critique nuancée de ceux qui refusent l'évolution d'une société.

Le lexique de la mode

Les deux premières scènes de l'acte I constituent à elles seules un véritable documentaire sur les modes masculine et féminine du temps de Louis XIV. Les « petits chapeaux » caractérisent la tendance de 1661 et « les blonds cheveux », auxquels il est fait référence plusieurs fois (I, 1 ; II, 6 ; III, 8), marquent l'apparition toute nouvelle des perruques. L'inventaire et les précisions portées aux « pourpoints, collets, manches, cotillons, souliers » ou autres « canons » improvisent Sganarelle critique impitoyable d'une mode jugée ridicule. Les « mouches, les nœuds et les rubans » (I, 2) sont aussi mentionnés et complètent ce catalogue si détaillé.

À cette opulence s'oppose la sobriété du costume prôné par Sganarelle, vêtu « en dépit de la mode » et privilégiant le bien-être au détriment de toute fantaisie : « Un beau pourpoint bien long et fermé comme il faut, / Qui, pour bien digérer, tienne l'estomac chaud ; / Un haut-de-chausses fait justement pour ma cuisse ; / Des souliers où mes pieds ne soient point au supplice ». En parallèle, le vêtement qui lui semble convenir pour Isabelle est particulièrement austère, taillé dans « une serge honnête » (I, 2).

La satire d'une époque

La fantaisie et l'opulence de cette mode traduisent une atmosphère de plaisir qui n'est pas pour plaire à Sganarelle. Les tirades du début de la pièce accompagnant l'inventaire vestimentaire de critiques sur ceux qui en font usage. Il s'agit de « jeunes muguets », de « débiles cerveaux » ou encore de « jeunes galants ». Cette connotation de superficialité est corroborée par l'évocation de leurs occupations que sont « les divertissements, les bals, les comédies » (I, 2), tout un univers d'illusions, propice à l'oisiveté (I, 2), selon

Thèmes et prolongements

Sganarelle. C'est donc en réactionnaire impénitent qu'il loue l'édit somptuaire interdisant le port des vêtements de luxe proclamé par le roi[1], révélateur des excès des galants dévolus aux plaisirs. Il souhaiterait d'ailleurs que le roi double l'édit d'un interdit sur la coquetterie... (II, 6) et projette, en divertissement, de le faire lire à haute voix par Isabelle. On est loin des bals que fréquente Léonor.

Du point de vue des idées, derrière la dérision de Sganarelle envers les dévots de la mode, se lit le dénigrement des réfractaires aux changements d'une époque. Mais tout est affaire de nuances dans *L'École des maris* et cette critique est ambivalente. En effet, les « fâcheux » dont parle Léonor à son retour du bal (III, 8) ne sont pas ceux méprisés par Sganarelle, mais les intrigants assidus aux plaisirs. De même, si Ariste est opposé à son frère, son goût pour la mode et les plaisirs est plus un choix raisonné qu'un goût inconditionné. Ne dit-il pas que « l'un et l'autre excès choque » et que « toujours du plus grand nombre il faut s'accommoder » ?

Dès lors, la mode et les plaisirs participent de *l'école du monde*, celle de l'expérience, qui forme la jeunesse et forge les caractères, mais n'est pas sans danger. Ariste le sait bien puisqu'il a conscience qu'en exposant Léonor aux bals et aux galants il court le risque d'être pris à son propre piège (I, 2).

Ainsi, suivre la mode, c'est aussi épouser une époque et son actualité. Lorsque Valère demande naïvement à Sganarelle s'il connaît « les nouvelles de la Cour » (I, 3) et comment il occupe son temps hors de Paris et de ses « cent plaisirs charmants », il se place délibérément et définitivement dans la catégorie de ces « muguets » fustigés par son rival.

La mode est donc une question qui dépasse la simple question vestimentaire. Car, pour Sganarelle comme pour Ariste, elle signe l'appartenance à un camp précis, dont l'aîné, expérimenté, a la sagesse de connaître les limites (I, 1).

---

1. L'édit somptuaire dont il est question dans *L'École des maris* fait référence à l'édit de 1660, lequel interdit notamment « les étoffes d'or et d'argent, fin ou faux, les broderies et autres choses semblables ».

Thèmes et prolongements

❖ Le langage dans tous ses états

> *L'École des maris* doit aussi sa richesse à la diversité de son langage et ses emprunts à différents genres littéraires. La langue de Molière est ainsi mise à l'honneur, faisant de l'alexandrin un vers souple à même d'exprimer le ton libre de la pièce.

Richesse lexicale et niveaux de langue

Qu'il concerne le vocabulaire galant ou celui de la mode, le lexique de *L'École des maris* est incontestablement riche et varié. Si Sganarelle, en nostalgique du passé, affectionne les termes désuets, tels que « muguet » ou « damoiseau », et condamne toute liberté avec la langue (I, 2), il use de cette opulence lexicale du vocabulaire sur toute la gamme des niveaux de langue.

On voit ainsi, chez Sganarelle, par la profusion de termes familiers, combien le personnage peine à contenir ses principes. Celui qui incarne la rigueur en matière linguistique (I, 2) n'hésite pas, par exemple, à qualifier Léonor de « chienne » (III, 3) ou encore Ariste de « pauvre butor » (III, 7).

Cette association de termes familiers ou désuets illustre l'inventivité dont fait preuve l'auteur de *L'École des maris*. Tantôt créateur de néologismes, avec l'adjectif « muguette », formé sur le terme pourtant vieillot de « muguet », tantôt artisan de jeux de mots (pour exemple, le terme « fleurée » joue avec la ressemblance phonique du participe « flairée », et sous-entend que la damoiselle est humée par ses courtisans), Sganarelle manie la langue comme une arme subtile, à la fois comique et rhétorique. Ainsi, l'expression « je suis votre valet » est employée à la scène 1 de l'acte I au sens figuré[1] par Sganarelle lui-même, puis est de nouveau répétée par Ariste à la scène suivante. La réplique de Sganarelle, qui prend l'expression volontairement au sens propre, « Je ne suis pas le vôtre », désarçonne Ariste. Cette même expression est reprise à la fin de la scène 3 sous la forme syncopée de « serviteur ». Ce comique de

---

1. **Je suis votre valet** : je ne suis pas d'accord.

Thèmes et prolongements

répétition dans le langage illustre la variété des usages de la langue qui sont faits dans la pièce.

Mais Sganarelle n'est pas le seul porte-voix de cette richesse langagière. Lisette mêle, dans des phrases aux tournures simples, bon sens et lieux communs : en réaction aux propos de Sganarelle, elle demande si on est « chez les Turcs, pour renfermer les femmes » (I, 2). De même, les répliques d'Ergaste, avec leurs images et leurs tournures propres, forment comme une enclave du langage courant et familier en terre classique : lorsqu'il dit du grand perdant de la pièce qu'« au sort d'être cocu son ascendant l'expose » (III, 9), ne résume-t-il pas familièrement mais clairement, par la métaphore astrale, le personnage le plus complexe de *L'École des maris* ?

La variété des genres

La richesse lexicale et la variété dans les registres accompagnent ainsi les différents genres qui, en complémentarité du genre comique, ponctuent la pièce. Ainsi c'est la rhétorique qui s'impose, notamment à l'acte I, lorsque Sganarelle et Ariste exposent leurs divergences en matière d'éducation. Ariste emploie en l'occurrence le terme de « maxime » pour résumer ces enseignements (I, 2) et Sganarelle expose « tout haut » ses idées (I, 2). À cette joute verbale du premier acte se mêle la satire de la mode, raillée en un discours imagé qui associe chacun des termes de mode à l'adjectif adéquat, à l'instar d'un vêtement à la mode (I, 1).

En outre, à la progression de l'action correspond l'apparition fugace du genre épistolaire (II, 5). Ce procédé inattendu, nécessitant une mise en scène spécifique, motivé par l'urgence qu'a Isabelle de communiquer avec son amant, donne une nouvelle dimension à la comédie.

Flexible, la langue de *L'École des maris* joue également du registre dramatique, mettant en avant le retournement de situation opéré à l'orée du troisième acte, lorsqu'Isabelle se voit condamnée à épouser Sganarelle. La belle exprime son désarroi dans une tirade aux accents tragiques, préférant « le trépas cent fois » à cet « hymen fatal » (III, 1). Le genre romanesque s'impose par ailleurs dans la suite de l'acte, riche en rebondissements.

Textes et images

❖ Mariés, pour le meilleur et pour le pire...

> Sujet éminemment sérieux depuis la nuit des temps, le mariage demeure une source inépuisable d'inspiration, littéraire ou picturale. Caricaturé, questionné ou théorisé, il ne cesse en réalité de poser la question de l'entente entre les époux.

Documents :

- ❶ Molière, *L'École des femmes* (1662), acte III, scène 2, v. 695 à 704 et 719 à 743.
- ❷ Molière, *Le Médecin malgré lui* (1666), acte I, scène 1, v. 19 à 57.
- ❸ Ovide, *Les Amours* (Ier siècle apr. J.-C.), livre III, élégie IV, (v. 1 à 12 et 17 à 20).
- ❹ *La Femme mise à la raison par son mari*, gravure anonyme, première moitié du XVIIIe siècle.
- ❺ *Le Bon Ménage*, gravure de Nicolas Guérard, 1695.
- ❻ *Femme corrigeant l'ivrognerie de son mari*, gravure de F. Guérard, XVIIIe siècle.
- ❼ *L'École des maris*, gravure anonyme, XVIIe siècle.

❶ *Arnolphe, qui s'apprête à épouser Agnès, entend lui dispenser une leçon sur les devoirs auxquels sa prochaine condition de femme mariée l'oblige.*

Le mariage, Agnès, n'est pas un badinage.
À d'austères devoirs le rang de femme engage,
Et vous n'y montez pas, à ce que je prétends,
Pour être libertine[1] et prendre du bon temps.
Votre sexe n'est là que pour la dépendance :
Du côté de la barbe est la toute-puissance.
Bien qu'on soit deux moitiés de la société,

---

1. **Libertine** : qui est éprise de liberté.

Textes et images

Ces deux moitiés pourtant n'ont point d'égalité :
L'une est moitié suprême, et l'autre subalterne ;
L'une en tout est soumise à l'autre, qui gouverne ;
[...]
Gardez-vous d'imiter ces coquettes vilaines
Dont par toute la ville on chante les fredaines
Et de vous laisser prendre aux assauts du malin,
C'est-à-dire d'ouïr aucun jeune blondin.
Songez qu'en vous faisant moitié de ma personne,
C'est mon honneur, Agnès, que je vous abandonne ;
Que cet honneur est tendre et se blesse de peu ;
Que sur un tel sujet il ne faut point de jeu,
Et qu'il est aux enfers des chaudières bouillantes
Où l'on plonge à jamais les femmes mal vivantes.
Ce que je vous dis là ne sont pas des chansons,
Et vous devez du cœur dévorer ces leçons.
Si votre âme les suit et fuit d'être coquette,
Elle sera toujours comme un lis blanche et nette ;
Mais, s'il faut qu'à l'honneur elle fasse un faux bond,
Elle deviendra lors noire comme un charbon.
Vous paraîtrez à tous un objet effroyable,
Et vous irez un jour, vrai partage du diable,
Bouillir dans les enfers à toute éternité,
Dont vous veuille garder la céleste bonté.
Faites la révérence. Ainsi qu'une novice
Par cœur dans le couvent doit savoir son office,
Entrant au mariage, il en faut faire autant :
Et voici dans ma poche un écrit important
Qui vous enseignera l'office de la femme.

Textes et images

❷ *Dans ce dialogue entre Sganarelle et Martine, on se rend compte à quel point le mariage est un acte que l'on peut arriver à regretter amèrement...*

Sganarelle. Que maudit soit le bec cornu[1] de notaire qui me fit signer ma ruine !

Martine. C'est bien à toi, vraiment, à te plaindre de cette affaire ! Devrais-tu être un seul moment sans rendre grâces au ciel de m'avoir pour ta femme ? et méritais-tu d'épouser une femme comme moi ?

Sganarelle. Il est vrai que tu me fis trop d'honneur et que j'eus lieu de me louer la première nuit de nos noces ! Eh ! morbleu ! ne me fais point parler là-dessus : je dirais de certaines choses...

Martine. Quoi ! que dirais-tu ?

Sganarelle. Baste[2], laissons là ce chapitre. Il suffit que nous savons ce que nous savons, et que tu fus bien heureuse de me trouver.

Martine. Qu'appelles-tu bien heureuse de te trouver ? Un homme qui me réduit à l'hôpital, un débauché, un traître, qui me mange tout ce que j'ai ?...

Sganarelle. Tu as menti ; j'en bois une partie.

Martine. Qui me vend, pièce à pièce, tout ce qui est dans le logis.

Sganarelle. C'est vivre de ménage.

Martine. Qui m'a ôté jusqu'au lit que j'avais !...

Sganarelle. Tu t'en lèveras plus matin.

Martine. Enfin qui ne laisse aucun meuble dans toute la maison.

Sganarelle. On en déménage plus aisément.

Martine. Et qui, du matin jusqu'au soir, ne fait que jouer et que boire !

Sganarelle. C'est pour ne me point ennuyer.

Martine. Et que veux-tu, pendant ce temps, que je fasse avec ma famille ?

---

1. **Le bec cornu :** le bouc cornu. Un bouc désigne un individu malpropre et cornu signifie « cocu ».
2. **Baste :** assez.

Sganarelle. Tout ce qui te plaira.
Martine. J'ai quatre pauvres petits enfants sur les bras...
Sganarelle. Mets-les à terre.
Martine. Qui me demandent à toute heure du pain.
Sganarelle. Donne-leur le fouet. Quand j'ai bien bu et bien mangé, je veux que tout le monde soit saoul dans ma maison.

❸ *Pour garder sa femme et la garder fidèle, mieux vaut ne pas trop la contraindre. La confiance peut être ainsi la meilleure alliée...*

Époux intraitable, tu as attaché un gardien aux pas de ta jeune compagne : soins inutiles ! Le plus sûr gardien, c'est sa vertu ; être chaste par crainte, ce n'est pas l'être, et celle que l'on contraint d'être fidèle ne l'est déjà plus. Grâce à ton active surveillance, son corps a pu rester intact ; son cœur est adultère. On ne saurait garder une âme malgré elle, car les verrous n'y peuvent rien. Fussent-ils tous fermés, l'adultère pénétrera chez toi : qui peut être coupable impunément, l'est moins souvent : le pouvoir de mal faire en rend le désir plus languissant. Cesse, crois-moi, de pousser au vice en le défendant ; tu en triompheras plus sûrement en usant de complaisance.

[...] Nous convoitons toujours ce qui nous est défendu, et désirons ce qu'on nous refuse. Ainsi le malade aspire après l'eau qui lui est interdite ; Argus avait cent yeux à la tête et au front, et combien de fois le seul Amour ne le trompa-t-il point !

Textes et images

4 *La Femme mise à la raison par son mari*, gravure anonyme, première moitié du XVIIIe siècle.

La Femme mise a la raison par son Mari.

C'est dans cette rencontre Madame que je veux vous faire connoistre qu'elle est mon couroux et assurer sur vostre sacro Sainte, les manques de respect, et de desobeissance que vous avez toujours eue pour moi après bien des affaires et des depences que vous m'avez, faite vous voulez encore Madame la Cadègne aneantir mon autorité et continuer vos desordres et m'empescher qu'a la rencontre d'un ami je ne pourrai pas boire bouteille sans que vous ne fussiez des reproches Non avec la Racine d'Ebole il faut que je vous mette a la raison, pour vous apprendre votre devoir Ha ! mon cher ami pardon je suis votre Servante et vous serez toujours le Maitre

A Lyon chez Joubert, grande rue Merciere

Textes et images

5 *Le Bon Ménage*, gravure de Nicolas Guérard, 1695.

Le bon ménage

heureux qui peut en son ménage
D'un saint accord de volonté
Passer les jours du mariage
Dans une paix d'amour et d'unité

Malgré les soings de cette vie
L'on goute par cette harmonie
Un bien qui n'est gouté jamais
Des epoux qui n'ont point la paix

Textes et images

6 *Femme corrigeant l'ivrognerie de son mari*, gravure de F. Guérard, XVIIIe siècle.

La Femme au Mary	Le Mary à sa Femme	
Toy qui mange mon bien et qui perd ta raison, Yvrogne il faut que je te traite en beste, Me Servant de la Verge ainsy que du baton Et jy veux joindre encor le Croissant Sur ta teste Ouy je pretent trop indigne brutal Pour Soutenir mes droits ma Cause et ma deffence	Ah ma femme pardon je vay te faire voir, Que tout autre que moy ne fait mieux Son devoir, Sur tout dans la besongne, Que l'Hymen exige de moy Si jamais je retourne en la bachique Loy, Suivre le parti de l'yvrongne	De ne m'ènyvrer qu'avec toy La femme aimoit le vin et puis quelque autre chose Et la promesse enfin que lui fist Son Epoux Fut la plus forte Cause Qui fit desarmer son Courroux

Textes et images

7 *L'École des maris*, gravure anonyme, XVIIe siècle. Molière dans le rôle de Sganarelle ; frontispice.

Textes et images

Étude des textes

Savoir lire
1. Pour chacun des extraits présentés, précisez la thématique développée. Quels sont ceux qui peuvent se rapprocher de *L'École des maris* ?
2. Dans le premier texte, caractérisez le ton employé par Arnolphe. De quel personnage de *L'École des maris* pouvez-vous le rapprocher ?
3. Dans le texte 2, de quel type de discours s'agit-il ? Précisez les liens unissant les interlocuteurs. En quoi ce Sganarelle-là est-il différent du personnage de *L'École des maris* ? Relevez deux répliques dont vous expliquerez le comique.
4. Quels sont les conseils prodigués au mari dans l'extrait 3 pour garder son épouse ? En quoi se rapprochent-ils de ceux dispensés par Ariste dans *L'École des maris* ? Citez un terme et une référence utilisés dans la pièce.

Savoir faire
5. Recherchez d'autres textes littéraires traitant du mariage sous les aspects qui sont développés ici. Vous les présenterez en les comparant à ceux du corpus proposé.
6. Imaginez une scène de ménage sur la vie quotidienne entre deux époux au XXIe siècle, et jouez-la devant vos camarades.
7. « Argus avait cent yeux à la tête et au front, et combien de fois le seul Amour ne le trompa-t-il point ! » Développez, en deux ou trois exemples, ce propos d'Ovide.

Étude des images

Savoir analyser
1. Rapprochez ces documents des thèmes traités dans les précédents textes.
2. En quoi le document 5 est-il fondamentalement différent des autres ? Par quelle allégorie est représenté le mariage ?

Textes et images

3. Relevez les éléments comiques du document 6. De quel autre document peut-il être rapproché ? Précisez la position des personnages et les accessoires dont ils sont dotés.
4. Retrouvez la scène de *L'École des maris* représentée dans le document 7. Quels personnages reconnaissez-vous ?

Savoir faire

5. Réécrivez les légendes qui agrémentent le document 5 de façon à transformer la gravure en caricature sur le mariage.
6. Imaginez les propos de chacun des époux représentés sur les documents 4 et 6. Vous pouvez les présenter en un dialogue destiné à être joué, ou en bulles de bande dessinée.
7. Recherchez d'autres images représentant le mariage de façon caricaturale.

Textes et images

✢ Éduquer, oui, mais comment ?

> Qu'est-ce que l'éducation, sinon ce long processus par lequel l'enfant devient adulte et témoin responsable de l'héritage social et affectif légué par les générations antérieures ? Cette science alimente, depuis l'aube des civilisations, une réflexion complexe et continue.

Documents :

1. Térence, *Les Adelphes* (160 av. J.-C.), acte I, scène 1, v. 64 à 78.
2. Jean-Jacques Rousseau, *Émile ou De l'éducation* (1762), livre V.
3. Choderlos de Laclos, *Discours sur la question proposée par l'académie de Châlons-sur-Marne* (1783).
4. Guy de Maupassant, *Une vie* (1883), chapitre I.

❶ *L'éducation doit-elle être répressive ou permissive ? Micion prône ici une méthode fondée sur les sentiments et l'indulgence.*

C'est lui qui est trop dur, au rebours du juste et du bien, et celui-là se trompe largement, du moins à mon avis, qui s'imagine qu'une autorité fondée sur la violence est plus ferme et plus stable que celle que l'on ménage par l'affection. Voici mon système à moi, et voici le parti que je prends : celui qui fait son devoir sous la contrainte du châtiment n'est sur ses gardes que dans la mesure où il croit que la chose se saura ; s'il espère qu'elle restera secrète, il retourne à son naturel ; celui que vous vous attachez par de bons offices se conduit selon son cœur, se préoccupe de rendre la pareille ; présent ou absent, il restera le même. Le propre d'un père, c'est d'accoutumer son fils à bien agir de son plein gré plutôt que par crainte d'autrui ; c'est en cela que diffèrent un père et un maître ; qui n'est pas capable de cela doit avouer qu'il ne sait pas gouverner ses enfants.

Textes et images

❷ *Selon Rousseau, les filles, dont les préoccupations sont différentes de celles du sexe opposé, ne s'éduquent pas de la même manière que les garçons.*

Les filles en général sont plus dociles que les garçons, et l'on doit même user sur elles de plus d'autorité, comme je le dirai tout à l'heure ; mais il ne s'ensuit pas que l'on doive exiger d'elles rien dont elles ne puissent voir l'utilité ; l'art des mères est de la leur montrer dans tout ce qu'elles leur prescrivent, et cela est d'autant plus aisé, que l'intelligence dans les filles est plus précoce que dans les garçons. Cette règle bannit de leur sexe, ainsi que du nôtre, non seulement toutes les études oisives qui n'aboutissent à rien de bon et ne rendent pas même plus agréables aux autres ceux qui les ont faites, mais même toutes celles dont l'utilité n'est pas de l'âge, et où l'enfant ne peut la prévoir dans un âge plus avancé. Si je ne veux pas qu'on presse un garçon d'apprendre à lire, à plus forte raison je ne veux pas qu'on y force de jeunes filles avant de leur faire bien sentir à quoi sert la lecture ; [...] Après tout, où est la nécessité qu'une fille sache lire et écrire de si bonne heure ? Aura-t-elle si tôt un ménage à gouverner ?

❸ *Quels seraient les meilleurs moyens de perfectionner l'éducation des femmes ? Au sujet proposé par l'académie de Châlons-sur-Marne, Choderlos de Laclos apporte les éléments de réponse suivants.*

Ô femmes ! approchez et venez m'entendre. Que votre curiosité, dirigée une fois sur des objets utiles, contemple les avantages que vous avait donnés la nature et que la société vous a ravis. Venez apprendre comment, nées compagnes de l'homme, vous êtes devenues son esclave ; comment, tombées dans cet état abject, vous êtes parvenues à vous y plaire, à le regarder comme votre état naturel ; comment enfin, dégradées de plus en plus par une longue habitude de l'esclavage, vous avez préféré les vices avilissants, mais commodes, aux vertus plus pénibles d'un être libre et respectable. [...] apprenez qu'on ne sort de l'esclavage que par une grande révolution. Cette révolution est-elle possible ? C'est à vous seules à le

Pour approfondir

Textes et images

dire puisqu'elle dépend de votre courage. Est-elle vraisemblable ? Je me tais sur cette question ; mais jusqu'à ce qu'elle soit arrivée, et tant que les hommes régleront votre sort, je serai autorisé à dire, et il me sera facile de prouver qu'il n'est aucun moyen de perfectionner l'éducation des femmes.

❹ *Une vie retrace le destin chaotique de Jeanne, depuis sa sortie du couvent, où elle a reçu une éducation des plus strictes.*

Jeanne, sortie la veille du couvent, libre enfin pour toujours, prête à saisir tous les bonheurs de la vie dont elle rêvait depuis si longtemps, craignait que son père hésitât à partir si le temps ne s'éclaircissait pas : et pour la centième fois depuis le matin elle interrogeait l'horizon.

[...]

Une voix, derrière la porte, appela : « Jeannette ! »

Jeanne répondit : « Entre, papa. » Et son père parut.

Le baron Simon-Jacques Le Perthuis des Vauds était un gentilhomme de l'autre siècle, maniaque et bon. Disciple enthousiaste de J.-J. Rousseau, il avait des tendresses d'amant pour la nature, les champs, les bois, les bêtes.

Aristocrate de naissance, il haïssait par instinct quatre-vingt-treize ; mais philosophe par tempérament et libéral par éducation, il exécrait la tyrannie d'une haine inoffensive et déclamatoire.

Sa grande force et sa grande faiblesse, c'était la bonté, une bonté qui n'avait pas assez de bras pour caresser, pour donner, pour étreindre, une bonté de créateur, éparse, sans résistance, comme l'engourdissement d'un nerf de la volonté, une lacune dans l'énergie, presque un vice.

Homme de théorie, il méditait tout un plan d'éducation pour sa fille, voulant la faire heureuse, bonne, droite et tendre.

Elle était demeurée jusqu'à douze ans dans la maison, puis, malgré les pleurs de la mère, elle fut mise au Sacré-Cœur.

Il l'avait tenue là sévèrement enfermée, cloîtrée, ignorée et ignorante des choses humaines. Il voulait qu'on la lui rendît chaste

Textes et images

à dix-sept ans pour la tremper lui-même dans une sorte de bain de poésie raisonnable ; et, par les champs, au milieu de la terre fécondée, ouvrir son âme, dégourdir son ignorance à l'aspect de l'amour naïf, des tendresses simples des animaux, des lois sereines de la vie.

Elle sortait maintenant du couvent, radieuse, pleine de sèves et d'appétits de bonheur, prête à toutes les joies, à tous les hasards charmants que dans le désœuvrement des jours, la longueur des nuits, la solitude des espérances, son esprit avait déjà parcourus.

Textes et images

Étude des textes

Savoir lire
1. Classez ces textes dans l'ordre chronologique, puis précisez lequel des deux sexes est concerné par le mode d'éducation préconisé. Que constatez-vous ?
2. Que pouvez-vous dire sur le genre littéraire de chacun de ces extraits ? Quelle conclusion tirez-vous sur la thématique de l'éducation ?
3. Quel(s) texte(s) se rapproche(nt) de la problématique éducative de *L'École des maris* ? Pour quelle raison ?
4. Quelles différences fondamentales sont soulignées entre les filles et les garçons dans les textes 2 et 3 ? Qu'impliquent-elles en matière d'éducation ?

Savoir faire
5. Quels seraient les meilleurs moyens de perfectionner l'éducation des jeunes ? Organisez en classe un concours d'éloquence sur le modèle du sujet proposé par l'académie de Châlons-sur-Marne en 1783, en adaptant votre argumentaire à notre époque.
6. Doit-on élever les garçons comme les filles ? L'éducation doit-elle être rigoriste ou, au contraire, permissive ? Débattez oralement avec vos camarades sur ces deux questions.
7. Recherchez d'autres supports, écrits ou picturaux, traitant de la problématique éducative. Vous les mettrez en perspective avec les extraits proposés ici.
8. Lisez *Une vie* de Maupassant et tirez-en les conclusions sur l'éducation dispensée aux jeunes filles à cette époque.

Vers le brevet

Sujet 1 : *L'École des maris*, acte I, scène 2, v. 179 à 208.

Questions

Les réponses seront justifiées par une ou plusieurs citations du texte.

1. De quel type de discours s'agit-il ici ?
2. Citez cinq préceptes utilisés par Ariste dans l'éducation de Léonor. Quel mot du texte peut à lui seul les résumer ?
3. Quelles sont les intentions d'Ariste vis-à-vis de Léonor ? À quoi et par qui la jeune fille lui semble destinée ? Qu'est-ce qui joue en défaveur d'Ariste ?
4. Quelle est la figure de style employée aux vers 187 et 188 ? Qu'indique-t-elle sur la façon dont Léonor utilise son temps ?
5. Relevez les termes appartenant au champ lexical du divertissement et de la mode. En quoi permettent-ils de brosser le portrait de la jeune fille ?
6. Quelle est la clef de la réussite du mariage selon Ariste ?
7. À quelle classe de la société appartiennent Ariste et Léonor ?

Réécriture

Réécrivez ces propos d'Ariste en remplaçant l'emploi du présent de l'indicatif par celui du passé simple.

« *Et je laisse à son choix liberté tout entière.* […]
Une grande tendresse et des soins complaisants
Peuvent, à son avis, pour un tel mariage,
Réparer entre nous l'inégalité d'âge,
Elle peut m'épouser ; sinon, choisir ailleurs.
Je consens que sans moi ses destins soient meilleurs. »

Rédaction

Sujet d'imagination :

Léonor est amenée à choisir entre deux prétendants : Ariste, dont elle connaît la tolérance mais sait l'âge avancé, et Alceste, jeune premier à la mode. Racontez et justifiez ses hésitations et terminez votre texte en expliquant sa décision.

Petite méthode pour la rédaction

- Relisez le début de l'acte, pour vous imprégner de l'esprit de la pièce.
- Organisez votre texte en trois parties : les deux premières axées sur l'hésitation entre les deux prétendants et la troisième justifiant le choix définitif.
- Employez des expressions propres à la langue du XVIIe siècle. Des phrases exclamatives et interrogatives rendront compte de l'intensité des sentiments exprimés.
- Longueur indicative : une page et demie.

Sujet de réflexion :

« *Et l'école du monde, en l'air dont il faut vivre,*
Instruit mieux, à mon gré, que ne fait aucun livre. »

Pensez-vous, comme Ariste, que la seule formation valable est celle que l'on acquiert par l'expérience et non par la théorie, comme il le suggère ?

Petite méthode pour la rédaction

- Identifiez thèse et antithèse.
- Organisez ensuite votre développement en paragraphes argumentés et illustrés par des exemples tirés de votre expérience personnelle ou de vos lectures.
- Employez des connecteurs logiques pour assurer la cohérence de votre texte.
- Longueur indicative : une à deux pages.

Sujet 2 : *L'École des maris*, acte II, scène 5, v. 520 à 531.

Questions

Les réponses seront justifiées par une ou plusieurs citations du texte.

1. Qui est l'auteur de la lettre ? Citez quatre indices pour justifier votre réponse et dites ce qui motive cet acte.
2. Relevez deux expressions qui montrent l'audace d'une telle entreprise.
3. Quels sont les sujets développés dans la lettre ? À quel danger son auteur cherche-t-il à échapper ?
4. Quelles sont les réactions d'Ergaste et de Valère à sa lecture ?
5. En quoi cette lettre fait-elle l'objet d'une mise en scène ? Pour quelle raison ?
6. Relevez les injonctions qui y sont données, en précisant le mode employé. Qu'en concluez-vous sur le caractère de son auteur ?
7. « Il ne tiendra qu'à vous que je sois à vous bientôt » : quel procédé stylistique est ici employé ? Quel est l'effet produit ?

Réécriture

Réécrivez ce dialogue en remplaçant « une jeune fille » par « des jeunes filles » et en effectuant les transformations qui s'imposent.

« *Ergaste*
Pour une jeune fille elle n'en sait pas mal !
De ces ruses d'amour la croirait-on capable ?
Valère
Ah ! je la trouve là tout à fait adorable.
Ce trait de son esprit et de son amitié
Accroît pour elle encor mon amour de moitié,
Et joint aux sentiments que sa beauté m'inspire. »

Rédaction

Sujet d'imagination :
Imaginez une suite à cette lettre, dans laquelle Isabelle développe le scénario d'un enlèvement pour empêcher un mariage forcé.

Petite méthode pour la rédaction

- Relisez la lettre afin d'assurer la cohérence entre le texte initial et votre récit.
- Commencez votre texte en reprenant la dernière phrase de la lettre.
- Respectez les étapes du schéma narratif en développant les péripéties.
- Utilisez l'indicatif futur, le subjonctif et l'impératif lorsqu'Isabelle s'adresse à Valère.
- Longueur indicative : une page.

Sujet de réflexion :
Trouvez-vous que nous sommes parvenus dans le monde à une situation d'égalité entre les hommes et les femmes, que ce soit dans l'éducation, la vie sentimentale ou professionnelle ? Vous développerez votre opinion en la nourrissant d'exemples issus de votre expérience, de vos lectures et de l'actualité.

Petite méthode pour la rédaction

- Écrivez une introduction annonçant le sujet de la rédaction et les parties (thèse et antithèse) que vous allez développer.
- Enrichissez votre raisonnement d'exemples appartenant à différentes cultures et situations dans le monde.
- Usez des verbes d'opinion et des connecteurs logiques pour nuancer votre propos.
- Longueur indicative : une page et demie à deux pages.

Sujet 3 : Molière, *l'École des femmes* (1662), acte III, scène 2, v. 695 à 704 et 719 à 743.

Arnolphe

695 Le mariage, Agnès, n'est pas un badinage.
À d'austères devoirs le rang de femme engage,
Et vous n'y montez pas, à ce que je prétends,
Pour être libertine[1] et prendre du bon temps.
Votre sexe n'est là que pour la dépendance :
700 Du côté de la barbe est la toute-puissance.
Bien qu'on soit deux moitiés de la société,
Ces deux moitiés pourtant n'ont point d'égalité :
L'une est moitié suprême, et l'autre subalterne ;
L'une en tout est soumise à l'autre, qui gouverne ;
[...]
Gardez-vous d'imiter ces coquettes vilaines
720 Dont par toute la ville on chante les fredaines
Et de vous laisser prendre aux assauts du malin,
C'est-à-dire d'ouïr aucun jeune blondin.
Songez qu'en vous faisant moitié de ma personne,
C'est mon honneur, Agnès, que je vous abandonne ;
725 Que cet honneur est tendre et se blesse de peu ;
Que sur un tel sujet il ne faut point de jeu,
Et qu'il est aux enfers des chaudières bouillantes
Où l'on plonge à jamais les femmes mal vivantes.
Ce que je vous dis là ne sont pas des chansons,
730 Et vous devez du cœur dévorer ces leçons.
Si votre âme les suit et fuit d'être coquette,
Elle sera toujours comme un lis blanche et nette ;
Mais, s'il faut qu'à l'honneur elle fasse un faux bond,
Elle deviendra lors noire comme un charbon.
735 Vous paraîtrez à tous un objet effroyable,
Et vous irez un jour, vrai partage du diable,

---

1. **Libertine** : qui est éprise de liberté.

Bouillir dans les enfers à toute éternité,
Dont vous veuille garder la céleste bonté.
Faites la révérence. Ainsi qu'une novice
740 Par cœur dans le couvent doit savoir son office,
Entrant au mariage, il en faut faire autant :
Et voici dans ma poche un écrit important
Qui vous enseignera l'office de la femme.

Questions

Les réponses seront justifiées par une ou plusieurs citations du texte.

1. De quel type de texte s'agit-il ? Quel est le thème développé ? Caractérisez le ton employé par Arnolphe.
2. En quoi la comparaison développée par Arnolphe est-elle comique ? Montrez comment Molière ridiculise ici son personnage.
3. Quelle figure de style repérez-vous aux vers 703 et 704 ? Que montre-t-elle ?
4. Quel adjectif qualifie les devoirs de l'épouse au début du texte ? Quel statut Arnolphe confère-t-il à la femme mariée ?
5. De quel présent Arnolphe gratifie-t-il Agnès par le mariage ? Combien de fois le terme est-il employé ?
6. De quoi Arnolphe menace-t-il Agnès si elle manque à ses devoirs ? Justifiez votre réponse par deux citations.
7. Quel mode verbal Arnolphe privilégie-t-il pour s'adresser à Agnès ? Pour quelle raison ?

Réécriture

Réécrivez le passage suivant en passant au tutoiement.
« Mais ne vous gâtez pas sur l'exemple d'autrui.
Gardez-vous d'imiter ces coquettes vilaines [...]
Et de vous laisser prendre aux assauts du malin [...]
Songez qu'en vous faisant moitié de ma personne,
C'est mon honneur, Agnès, que je vous abandonne. »

Rédaction

Sujet d'imagination :

« Et voici dans ma poche un écrit important / Qui vous enseignera l'office[1] de la femme. » Imaginez les dix maximes dont parle Arnolphe à Agnès. Vous y développerez les devoirs fondamentaux auxquels il entend soumettre son épouse.

Petite méthode pour la rédaction

- Relisez en entier la tirade d'Arnolphe afin de vous imprégner de son caractère.
- Présentez votre texte en courts paragraphes de trois à quatre lignes par maxime.
- Variez les préceptes : tâches matérielles, conduite en société, tenue vestimentaire, lectures, etc.
- Utilisez en alternance le futur de l'indicatif et le présent de l'impératif pour exprimer l'ordre.

Sujet de réflexion :

Pensez-vous que l'union entre deux êtres soit possible dans un rapport de subordination tel que le conçoit Arnolphe ? Vous développerez votre point de vue en tenant compte de l'évolution de la société à travers les siècles.

Petite méthode pour la rédaction

- Au brouillon, identifiez thème, thèse et antithèse.
- Tenez compte de l'évolution du statut de la femme à travers les siècles et élargissez la problématique à d'autres cultures afin d'enrichir votre raisonnement.
- Utilisez des verbes d'opinion, pour montrer la progression de votre raisonnement, et des exemples variés, pour étayer vos arguments.

---

1. **Office :** ensemble des devoirs auxquels doit se soumettre l'épouse.

❖ Autres sujets d'entraînement

Sujet 1 : *L'École des maris*, acte I, scène 1, v. 17 à 40.

Sganarelle
Il est vrai qu'à la mode il faut m'assujettir,
Et ce n'est pas pour moi que je me dois vêtir !
Ne voudriez-vous point, par vos belles sornettes,
20 Monsieur mon frère aîné (car, Dieu merci, vous l'êtes
D'une vingtaine d'ans, à ne vous rien celer,
Et cela ne vaut point la peine d'en parler),
Ne voudriez-vous point, dis-je, sur ces matières,
De vos jeunes muguets m'inspirer les manières ?
25 M'obliger à porter de ces petits chapeaux
Qui laissent éventer leurs débiles cerveaux,
Et de ces blonds cheveux, de qui la vaste enflure
Des visages humains offusque la figure ?
De ces petits pourpoints sous les bras se perdants,
30 Et de ces grands collets jusqu'au nombril pendants ?
De ces manches qu'à table on voit tâter les sauces,
Et de ces cotillons appelés hauts-de-chausses ?
De ces souliers mignons, de rubans revêtus,
Qui vous font ressembler à des pigeons pattus ?
35 Et de ces grands canons où, comme en des entraves,
On met tous les matins ses deux jambes esclaves,
Et par qui nous voyons ces messieurs les galants
Marcher écarquillés ainsi que des volants ?
Je vous plairais, sans doute, équipé de la sorte ;
40 Et je vous vois porter les sottises qu'on porte.

Questions

1. De quoi Sganarelle fait-il ici la satire ? Relevez au moins deux figures de style employées dans ce dessein.
2. Quelle est la fonction des adjectifs qualificatifs des vers 24 à 35 ? Quel est l'effet produit ?
3. Quels reproches Sganarelle adresse-t-il à son interlocuteur ? Justifiez votre réponse en citant précisément le texte.
4. Précisez et justifiez l'emploi du mode verbal des vers 19, 23 et 39.

Réécriture

Réécrivez les vers 17 à 24 en remplaçant la première personne du singulier par la première personne du pluriel, et en effectuant toutes les transformations nécessaires.

Rédaction

Sujet d'imagination :

Imaginez, en une page environ, que Sganarelle ne fasse pas la satire mais l'apologie[1] de la mode. Vous commencerez votre texte par la phrase suivante : « Il est bon qu'à la mode il faut m'assujettir » et utiliserez à cette fin des images variées et des adjectifs mélioratifs.

Sujet de réflexion :

Et vous, pensez-vous « qu'à la mode il faut [s']assujettir » ? Dites votre point de vue sur la mode en un texte d'environ une page et demie. Vous prendrez soin d'argumenter précisément votre développement et de l'illustrer d'exemples précis.

---

1. **Apologie :** discours visant à gratifier ou louer une personne ou un fait.

Sujet 2 : *L'École des maris*, acte I, scène 4, v. 315 à 336.

Ergaste

315 C'est ce qui fait pour vous ; et sur ces conséquences
Votre amour doit fonder de grandes espérances.
Apprenez, pour avoir votre esprit affermi,
Qu'une femme qu'on garde est gagnée à demi,
Et que les noirs chagrins des maris ou des pères
320 Ont toujours du galant avancé les affaires.
Je coquette fort peu, c'est mon moindre talent,
Et de profession je ne suis point galant ;
Mais j'en ai servi vingt de ces chercheurs de proie,
Qui disaient fort souvent que leur plus grande joie
325 Était de rencontrer de ces maris fâcheux
Qui jamais sans gronder ne reviennent chez eux ;
De ces brutaux fieffés, qui sans raison ni suite,
De leurs femmes en tout contrôlent la conduite,
Et, du nom de mari fièrement se parants
330 Leur rompent en visière aux yeux des soupirants.
« On en sait, disent-ils, prendre ses avantages,
Et l'aigreur de la dame à ces sortes d'outrages,
Dont la plaint doucement le complaisant témoin,
Est un champ à pousser les choses assez loin. »
335 En un mot, ce vous est une attente assez belle,
Que la sévérité du tuteur d'Isabelle.

Questions

1. Que fait Ergaste dans cette tirade ? Caractérisez le ton employé. Justifiez votre réponse par deux exemples précis.
2. « Noirs chagrins », « maris fâcheux » : comment qualifie-t-on les épithètes employées ici ?
3. Relevez deux épithètes homériques.
4. Qui Ergaste désigne-t-il par ces « chercheurs de proie » ? Quelle est la figure de style utilisée ?
5. En quoi la sévérité de Sganarelle est-elle, aux yeux d'Ergaste, une chance pour son amant ? Justifiez votre réponse.
6. À quel style sont les paroles rapportées des vers 331 à 334 ? Quel est l'effet produit ?

Réécriture

Réécrivez les vers 315 à 320 en remplaçant « vous » par « tu » et en effectuant les transformations nécessaires.

Rédaction

Sujet d'imagination :

Imaginez, en un récit d'une page à une page et demie, l'expérience d'Ergaste auprès de l'un de ces « chercheurs de proie ». Vous raconterez comment il s'y est pris pour conseiller son maître en matière de galanterie et de ruse pour tromper le « mari fâcheux ».

Sujet de réflexion :

« Une femme qu'on garde est gagnée à demi. » Pensez-vous, en élargissant le propos d'Ergaste aux problématiques de notre époque, que l'enfermement moral pousse à la fuite ou, au contraire, qu'il contraint à l'obéissance et bride les personnalités ?

Outils de lecture

Allitération : répétition d'une consonne ou d'un groupe de consonnes.

Amant(e) : au XVIIe siècle, personne qui aime une personne de l'autre sexe et en est aimée.

Antithèse : figure de style mettant en opposition deux éléments ou deux points de vue.

Aparté : propos tenu par un personnage destiné à être entendu des spectateurs tout en échappant aux autres acteurs.

Bienséance (règle de la) : règle exigeant, au XVIIe siècle, le respect des usages et de la morale.

Caricature : portrait volontairement outré d'une personne, d'un fait ou d'un caractère dans un but comique.

Champ lexical : ensemble de termes se rapportant à une même notion ou à un même concept.

Commedia dell'arte : théâtre d'origine italienne mettant en scène des personnages récurrents tels qu'Arlequin, Polichinelle ou Pantalon, et privilégiant le masque et l'improvisation.

Coup de théâtre : événement inattendu provoquant un retournement brutal de situation.

Dénouement : conclusion qui met un terme à l'intrigue et au sort des personnages.

Didactique (théâtre) : théâtre qui développe une prise de position politique, morale ou philosophique.

Didascalie : indication de mise en scène distincte du texte prononcé par les acteurs.

Épistolaire (genre) : genre littéraire composé de la correspondance entre un ou plusieurs personnages.

Exposition (scène d') : scène destinée à transmettre au public les informations nécessaires pour suivre l'intrigue.

Farce : genre théâtral comique et populaire, issu du Moyen Âge.

Genre : catégorie permettant un classement des œuvres littéraires selon des critères et des thèmes communs.

Gradation : progression croissante ou décroissante d'une série de termes ou de situations.

Interjection : mot invariable traduisant une émotion vive telle que la peur ou la surprise (« ah ! », « eh ! »...).

Outils de lecture

Intrigue : ensemble des événements ayant cours dans une pièce.

Ironie : procédé, souvent comique, consistant à dire le contraire de ce que l'on veut faire comprendre.

Jansénisme : mouvement religieux, qui se développe en France aux XVIIe et XVIIIe siècles.

Métaphore : comparaison dans laquelle le mot-outil n'est pas exprimé.

Mise en abyme : procédé consistant dans la représentation d'une œuvre à l'intérieur d'une œuvre de même nature (théâtre dans le théâtre, tableau dans le tableau, etc.).

Monologue : propos qu'un personnage tient seul sur scène en vue de faire part de ses sentiments aux spectateurs.

Parallélisme : figure de style qui consiste en la répétition de deux éléments de même nature grammaticale.

Péripétie : événement ayant pour but de faire progresser l'action.

Périphrase : procédé stylistique exprimant par un groupe de mots ce qui pourrait l'être en un seul.

Préciosité : mouvement culturel et littéraire du XVIIe siècle, reposant sur la volonté de se distinguer par l'élégance et la pureté du langage et des mœurs.

Pupille : enfant ou jeune personne orpheline placée sous la protection morale et matérielle d'un adulte.

Quiproquo : procédé comique ayant pour but de faire prendre un personnage, une chose ou un fait pour un (ou une) autre.

Registre : niveau de langue portant sur la syntaxe et le vocabulaire adopté en fonction des particularités d'une situation d'énonciation donnée.

Réplique : réponse d'un personnage à un autre.

Rhétorique : ensemble des règles et des procédés qui constituent l'art de bien parler.

Satire : genre littéraire dénonçant les travers ou le caractère ridicule d'une époque, d'une institution, d'un personnage.

Saynète : à l'origine, petite comédie bouffonne espagnole puis, par la suite, courte pièce.

Stichomythie : succession de répliques de longueur approximativement égale.

Tirade : réplique de longueur importante.

Bibliographie et filmographie

D'autres comédies de Molière

***Les Précieuses ridicules*, 1659.**

> ▶ Comédie en un acte et en prose, couronnée de succès. Dénonçant les travers de la préciosité, courant féministe du XVIIe siècle, Molière se place en observateur et critique privilégié de son époque.

***Les Fâcheux*, 1661.**

> ▶ Pièce en trois actes et en vers, première comédie-ballet de Molière qui y met en scène, quelques mois après *L'École des maris*, des fâcheux de la pire espèce.

***L'École des femmes*, 1662.**

> ▶ Un an et demi après *L'École des maris*, Molière reprend et approfondit, avec cette comédie en cinq actes, les thèmes du mariage, de la jalousie et du sort réservé aux femmes dans la société.

***Le Misanthrope*, 1666.**

> ▶ Comédie en cinq actes et en vers, elle fait la critique des gens de Cour et de leur hypocrisie, à travers le personnage d'Alceste, qui voue à l'humanité une haine sans mesure.

***Les Femmes savantes*, 1672.**

> ▶ Onze ans après *L'École des maris*, Molière renoue avec une thématique qui lui est chère, l'éducation des femmes, et traite aussi du pédantisme.

Farces

***Le Médecin malgré lui*, 1666.**

> ▶ Farce en trois actes dans laquelle le personnage de Sganarelle, bûcheron déguisé en médecin, est tour à tour arroseur et arrosé, pour la joie de tous.

***La Farce de Maître Pathelin*, anonyme, vers 1465.**

> ▶ Pièce comique de la fin du Moyen Âge, qui met en scène les péripéties de Pathelin, avocat rusé et... dupé.

Bibliographie et filmographie

Sur Molière, sa vie, son œuvre et son siècle

Louison et Monsieur Molière, de M.-C. Helgerson, Flammarion, collection « Castor Poche », 2001.

- ▶ Roman d'initiation dans lequel Molière fait découvrir à une petite fille le monde du théâtre. Idéal pour aborder la vie, l'œuvre et l'époque de Jean-Baptiste Poquelin.

Le Roman de Monsieur de Molière, de Mikhaïl Boulgakov, traduit du russe par Michel Pétris, Gallimard, Folio n° 2454, 1993.

- ▶ Quel roman que la vie de Molière ! Dans ce livre haut en couleur, l'auteur nous raconte de façon vivante et drôle la vie du dramaturge dans son intégralité.

Les Miroirs du Soleil, littératures et classicisme au siècle de Louis XIV, de Christian Biet, Gallimard, collection « Découvertes », n° 58, 1989.

- ▶ Livre très riche en illustrations présentant l'époque de Molière, à travers ses artistes et la vie de Cour.

La Vie quotidienne au temps de Louis XIV, de François Bluche, Hachette, collection « La vie quotidienne », 1980.

- ▶ Pour tout savoir sur les différents aspects de la société du XVIIe siècle.

Filmographie

L'École des maris, mise en scène de Thierry Hancisse, réalisation de Stéphane Bertin, Comédie-Française, 2000.

- ▶ Représentation filmée de la comédie de Molière jouée par des acteurs de la Comédie-Française, DVD.

Molière ou La Vie d'un honnête homme, d'Ariane Mnouchkine, 1977, DVD Éditions Bel Air 2004.

- ▶ Fresque de quatre heures retraçant la vie de Molière et de son siècle. Le film a nécessité 120 comédiens, 600 participants, 1 300 costumes et 220 décors...

Molière, de Laurent Tirard, avec Fabrice Luchini et Romain Duris, 2007, DVD Wild Side Films 2007.

- ▶ Le film imagine ce qu'ont été les années de Molière avant qu'il n'atteigne la célébrité et aussi ce qui a pu inspirer ses œuvres.

Bibliographie et filmographie

Sitographie

http://www.toutmoliere.net/index.htlm

> ▶ Site de référence sur Molière. Il donne accès à l'intégralité de son œuvre, ainsi qu'à de nombreuses ressources bibliographiques, iconographiques, filmographiques.

http://www.comedie-française.fr

> ▶ Les pages consacrées à Molière sur le site de la Comédie-Française offrent de précieux compléments de lecture sur son œuvre.

Crédits photographiques

Couverture	**Dessin Alain Boyer**
130	Ph. Coll. Archives Larbor
131	Ph. O. Ploton © Archives Larousse
132	Ph. Coll. Archives Larbor
133	Ph. Coll. Archives Larbor